LES PYRÉNÉES,

POËME.

LES PYRÉNÉES,

POËME,

PAR M. DUREAU-DELAMALLE FILS,

PRÉCÉDÉ

D'UN VOYAGE A VIGNEMALE

ET D'UNE DESCRIPTION DES VALLÉES D'AZUN, DE CAUTERETS ET DE LUTOUR.

A PARIS,

CHEZ GIGUET ET MICHAUD, IMP.-LIBRAIRES,

RUE DES BONS-ENFANTS, N°. 34.

M. DCCC. VIII.

DISCOURS PRÉLIMINAIRE.

Je m'étais trouvé dans les Pyrénées pendant l'été de 1807; j'avais parcouru une grande partie de leur chaîne, lorsque la vue de ces lieux si pittoresques et si variés m'engagea à exécuter un projet que j'avais conçu depuis long-temps en étudiant la peinture, et en visitant le Jura et les Vosges, pour y faire, d'après nature, des études de paysages.

J'avais observé que pour donner plus de vérité à leurs tableaux, plus de fidélité aux détails de chaque objet, les grands paysagistes allaient étudier la nature ; je voyais que les Taunay, les Demarne, les Bidault, les Dupéreux, et avant eux le Poussin, le Lorrain et le Gouespre avaient été, bravant les glaces des Apennins et des Alpes, ou les chaleurs brûlantes des vallées méridionales de la Suisse et de l'Italie, chercher dans les âpres montagnes de l'Helvétie des formes hardies de rochers, des masses imposantes de feuillage ; puiser dans leurs torrents alpestres des couleurs franches et vives, des touches fécondes, qui, sur la toile inanimée, créassent le mouvement et la vie.

Je les voyais, ne pouvant visiter la Grèce et l'Asie, riches de tant d'heureux souvenirs et de tant d'augustes ruines, créatrices des arts sitôt perfectionnés par elles, étudier avec une admiration scrupuleuse chaque recoin de cette belle Italie, qui, sous l'empire de Rome, offre dans ses monuments plus de majesté que de charme, s'enrichit des dépouilles du génie étranger plutôt qu'elle ne s'honore des conquêtes de son propre génie, mais qui, bientôt animée du regard inspirant des Léon et des Médicis, se dégage des ténèbres qui l'oppressent, venge noblement son antique défaite, reproduit dans le seul Michel-Ange Parrhasius, Hégésippe et Phidias, enfante un Raphaël pour l'opposer aux plus heureux génies de la Grèce, suspend dans les airs le temple que Rome antique avait consacré à tous les dieux, et qui enfin, sur les leçons de ces grands hommes, fondant, perfectionnant et conservant les préceptes du goût, semble, après des siècles d'ignorance, avoir ranimé pour les arts le feu sacré de Vesta.

J'ai pensé que s'il était vrai que la poésie et la peinture fussent sœurs (*ut pictura poesis*) on pouvait transporter avec succès quelques uns des procédés de l'un de ces arts dans l'exécution des ouvrages de l'autre. Et, en effet, de même que le peintre, assis devant les belles scènes de la nature, en fixe sur la toile ou sur le papier les détails les plus gracieux ou les traits les plus frappants, ne conçoit-on pas aussi que le poète, inspiré par la vue des beaux lieux auxquels se rattachent quelquefois de grands souvenirs, doit mettre dans ses peintures une chaleur naturelle, dans ses descriptions une vérité locale que ne peuvent jamais enfanter, dans le silence du cabinet ou dans le tumulte des villes, l'imagination la plus heureuse et l'esprit le plus fécond.

Homère nous en a donné l'exemple : Homère, le premier et le plus grand des poètes, n'a pas décrit un seul lieu qu'il n'ait vu lui-même, et qu'on ne reconnaisse exactement dans ses peintures. Il ne s'épargna ni peines, ni travaux, ni voyages pour meubler sa tête de connaissances, nourrir son génie d'enthousiasme et sa mémoire de souvenirs.

Le Camoëns voyagea sans cesse de Portugal en Mauritanie, de Lisbonne à Mélinde, de l'Inde dans la Chine, de la Chine en Europe, et partout, dans son poëme, la vérité de ses peintures se ressent de l'assiduité de ses observations et de l'étendue de ses voyages.

Ce genre de gloire sera dû à notre siècle : ce noble désir de connaître avait conduit dans les déserts de l'Amérique un écrivain doué d'une imagination vive et passionnée, d'un style éclatant, d'un enthousiasme fécond; nous lui devons les plus riches peintures qu'on ait faites de la nature gigantesque et sauvage des déserts du Nouveau-Monde. Depuis, ce même écrivain, qui semble compter pour rien les dangers et les souffrances quand il voit la gloire à côté, a bravé les guerres civiles des Arabes, la superstition Musulmane, l'âpreté des déserts de la Palestine, les brigands de la Grèce ou de la Syrie, les violences de Tunis et d'Alger, pour aller observer les mosquées de Smyrne et de Constantinople, interroger lui-même les ruines des cités de David et d'Alexandre, la poussière d'Antioche et de Carthage, redemander leurs prestiges aux vallons du Pinde et du Ménale, rapprocher les souvenirs, observer les lieux, et s'inspirer pour nous plaire et pour nous instruire.

Ce même désir me conduisit dans les Pyrénées, et plusieurs motifs me déterminèrent à choisir cette chaîne de montagnes pour le sujet d'un *poëme écrit d'après nature.*

Les Pyrénées sont moins connues que les Alpes, chantées par le fameux Haller, traversées tant de fois par cette foule de voyageurs éclairés qui ont visité l'Italie, et si soigneusement décrites par les savants qu'a produits le sol fécond de Genève et de l'Helvétie. Dans les Alpes presque tous les noms sont durs et barbares pour des oreilles françaises; on peut dire au contraire des Pyrénées ce que Boileau a dit de la Grèce :

Là, tous les noms heureux semblent nés pour les vers.

et il suffit, pour le prouver, de citer les noms d'Azun, de Barèges, d'Héas, de Roncevaux, de Tromouse, ceux de Bergons, de Cambalès, de Marboré, de Coumélie, de Vignemale, que portent quelques unes de ses principales montagnes ou de ses plus célèbres vallées.

Les Pyrénées ne sont pas non plus dépourvues de gloire, ni privées d'antiques et d'imposants souvenirs : Annibal les traverse pour attaquer Rome; César s'y repose de la conquête des Gaules; c'est sur leurs rochers que se brisent ces flots de Sarrazins qui devaient engloutir l'Europe entière; Charlemagne y vient opposer ses douze preux au courage de Ferragus, d'Agramant et de Marsile; dans ces montagnes, le Marboré nous parle de la gloire de Roland; Roncevaux, de son immortelle défaite; Cauterêts nous entretient en souriant des amours de l'aimable reine de Navarre; Quoiraze et Pau nous montrent leurs vieux chênes plantés par la main du bon Henri; et le Gave qui les arrose conserve le petit bassin où aimait à se baigner son enfance; c'est enfin dans les Pyrénées que, jeune encore, le plus grand des Louis vient terminer ces rivalités funestes qui, tour à tour, portèrent Duguesclin au cœur des Espagnes, Charles-Quint au faîte de la puissance, François Ier. dans les prisons de Madrid, et ses petits-fils sur le trône de cette capitale des deux mondes.

Mais je m'arrête..... j'ai indiqué un sujet trop vaste et trop élevé pour que mon faible talent puisse se flatter de l'avoir dignement rempli; il est vrai aussi que j'ai voulu acquitter ma conscience, et qu'après la lecture de mon poëme on pût accuser l'ouvrage sans calomnier les Pyrénées.

Je serais cependant un peu tenté de croire que les reproches que quelques écrivains de nos jours ont faits au genre descriptif, viennent de ce que plusieurs des poètes qui l'ont employé n'ont point vu les lieux qu'ils ont voulu décrire, et ont emprunté dans les livres et les idées d'autrui cet enthousiasme qu'ils voulaient faire passer dans notre ame; dès-lors la véritable admiration qu'auraient commandée les objets, se change en une chaleur factice, et le feu qu'aurait allumé dans leur ame le mouvement des grandes scènes de la nature, languit et s'éteint en passant de l'imagination de l'auteur original dans les copies nécessairement décolorées de l'imitateur.

Comment, en effet, aurait-on pu condamner si absolument un genre de poésie qui, par sa difficulté, inspire et exerce l'écrivain autant qu'il pique et charme le lecteur? N'a-t-on pas dû se souvenir que ce genre a fait la gloire d'Hésiode et de Virgile dans les poëmes où ils célèbrent l'agriculture? Ne sait-on pas que l'*Iliade*, l'*Odyssée*, l'*Énéide*, la *Pharsale*, la *Jérusalem délivrée* et le *Paradis perdu* lui doivent une partie de leur renommée? N'a-t-on pas dû être disposé à l'indulgence, lorsqu'en Angleterre, après les productions pathétiques de Shakespeare, Pope, Dryden, Gray, Thompson et Akenside traitèrent d'une manière si brillante le poëme descriptif? N'a-t-on pas dû applaudir à ses brillants essais, lorsqu'en France, après que Corneille, Racine, Voltaire, Crébillon et leurs dignes élèves eurent poussé l'art de la tragédie à une perfection désespérante, eurent épuisé presque tous les sujets dramatiques, on vit M. Delille, s'enrichissant des dépouilles de la littérature anglaise, adaptant au goût délicat de la France les écarts de la fougue Britannique, embellissant le premier de leurs poètes par une exécution non moins vive, mais plus noble et plus sage; ouvrir, courir et achever à lui seul cette noble carrière, et attacher son nom à d'immenses travaux, qui, n'en doutons point, dureront autant que l'art qui transmet la pensée, que l'enthousiasme qui s'éveille à l'aspect des grandes scènes de la nature, et que l'admiration que commandent les ouvrages du génie.

Les voyages, dont la lecture est si universellement goûtée, rentrent un peu dans le genre descriptif; aussi, pour familiariser mes lecteurs avec le pays extraordinaire d'où j'ai tiré les tableaux de mon poëme, j'ai cru qu'il ne serait pas inutile de leur donner auparavant une description de quelques unes des montagnes et des vallées les plus remarquables des Pyrénées.

C'est donc après avoir visité tous les lieux qu'a si bien fait connaître M. Ramond, après avoir vérifié l'exactitude de ses observations sur la structure générale de cette chaîne, sur la position de son axe et de ses chaînons collatéraux, observations qui acquièrent un nouveau degré de certitude par le voyage de mon ami, M. Decandolle à la Maladetta, et par celui que j'ai fait au sommet de Vignemale; c'est, dis-je, après avoir suivi d'abord toutes les traces de cet habile historien des Pyrénées, que je me suis avancé au sommet d'une montagne importante qui n'avait pas encore été visitée, et que j'ai parcouru quelques vallées dont le bassin avait échappé à la recherche des différents observateurs des Pyrénées.

VOYAGE

DANS LES PYRÉNÉES.

RIEN n'est comparable, pour la grâce, la fraîcheur et l'élégance, aux vallons des Pyrénées. On peut en distinguer deux espèces : les vallons supérieurs, et je prendrai pour exemple les vallées de Béousse et d'Estaubé, si bien décrites par M. Ramond; les vallées cultivées, et je peindrai, pour en donner une idée, les vals de Gèdre et d'Azun.

« Déjà, dit M. Ramond (*Voyage au Mont*

Perdu, p. 48 et suiv.), nous entrions dans la vallée d'Estaubé, et nous contemplions en silence ses tranquilles solitudes. C'est à la fois le calme des hautes régions et des terrains secondaires.

» La végétation s'avance avec sécurité jusqu'au pied des escarpements. Çà et là quelques vieux blocs dont la végétation s'est aussi emparée. Une petite rivière, qui, plus bas, deviendra torrent, circule paisiblement sur un lit de roche, et le gazon dessine ses rivages. Là, le sorbier des oiseaux ombrage le sceau de Salomon, rare dans ces montagnes, mais qui acquiert ici des dimensions peu ordinaires à son espèce. Sur tous les ressauts des montagnes latérales, on voit le pin rouge qui y défie la coignée. Tous les blocs sont ornés des panaches flottants de la superbe saxifrage à longues feuilles. Dans les terrains meubles, c'est tantôt la carline des Pyrénées, tantôt le beau panicaut (*eringium bourgati*) qui passe quelquefois ici de l'améthyste au cramoisi. Sur les gazons sont les deux carlines sessiles, dont l'une, à feuilles d'acanthe, se fait constamment remarquer par la couleur dorée de sa couronne calicinale.

» Rien de brillant, rien de somptueux comme un gazon que chamarrent l'or et l'argent de ces deux carlines. Mais ce que ne peuvent faire concevoir les descriptions, c'est la nuance du tapis qu'enrichit cette superbe broderie. Si l'on appelle vertes les prairies de la plaine, comment qualifier ces pelouses près de qui la verdure des vallées inférieures a je ne sais quoi de cru et de faux. »

Voici encore comment M. Ramond décrit la vallée de Béousse, vue de la brèche du lac au pied du Mont Perdu (*id.* p. 77 et 78).

« De quelque côté que nos regards se portassent, ce n'étaient qu'escarpements à pic et que murailles debout. A gauche, les montagnes d'Estaubé, à droite, le Mont Perdu, plongeant ensemble à une profondeur immense, fournissaient deux longues chaînes parallèles, formées des mêmes rochers, taillées sur le même modèle, et resserrant entre des boulevards énormes la vallée de Béousse que nous dominions du haut des airs, et qui fuyait devant nous à perte de vue.

» Mais qu'elle était ravissante cette vallée au milieu de la formidable enceinte dont les rochers la défendent, et dont les glaces la fécondent ! Riche du luxe de la terre, et belle de sa sauvage beauté, c'est la terre aux premiers jours de sa naissance, et avant que l'homme l'eût asservie à la culture. J'y cherchais en vain les traces de fréquentation qui devaient annoncer la route d'un port. Le sentier, l'hospice, échappent à la vue. Les habitants se cachent, les passagers fuient devant cette nature que les uns n'ont pu soumettre, que les autres n'osent contempler, et le dernier qui l'aborde peut se croire le premier qui l'ait abordée. Il faut voir ces prairies sans troupeaux, ces ombrages que l'on n'a pas plantés, ces forêts vierges encore, ces haies de buis dont personne n'a tracé les contours, et ce torrent né du Mont Perdu, la Cinca, fière de son origine, impétueuse, indomtée, dessinant son cours incertain au fond de cette longue tranchée où les ruines qui l'accompagnent retiennent la verdure à une respectueuse distance. Le regard, entraîné à sa suite, s'égare avec elle dans la déserte étendue qu'elle parcourt sans obstacle et presque sans témoins. Elle fuit, et l'on ne peut la quitter; l'œil cherche aux limites de l'horizon le dernier scintillement de ses flots; l'oreille attentive recueille le dernier murmure que enranime le passage du vent. Elle échappe enfin à tous les sens dans les profondes vallées qui la conduisent, et l'imagination la poursuit encore jusque sur les rivages lointains où l'Èbre reçoit les eaux dont nous touchons ici les sources éternelles. »

Je vais maintenant parler des vallées cultivées, le plus gracieux spectacle que les montagnes puissent offrir aux yeux de l'homme épris des beautés pittoresques de la nature. Je donnerai d'abord une idée du bassin de Gèdre, et je terminerai cette esquisse par la description de la vallée d'Azun, qui me semble mériter le nom de l'Éden des Pyrénées.

Quand vous êtes sorti du bassin de Pragnères, celui de Gèdre s'ouvre à son tour; vous foulez un joli chemin bordé de haies vives et fleuries; sous vos pieds serpente le Gave (*), qui doit sa naissance à la fameuse cascade de Gavernie, et qui bientôt va se res-

---

(*) *Gave* est le mot générique usité dans les Pyrénées, pour désigner un torrent ou une rivière descendue des montagnes.

serrer sous les roches verticales et sous les arches usées du pont de Sia. Ce bassin communique de toutes parts avec les plus hautes régions des Pyrénées. Des vallées plus profondes que celles qu'on a parcourues descendent de monts encore plus élevés. Le Couméli est en face ; il se déploie tout entier : la base déchirée de ravins, le sommet hérissé de rochers, et les flancs ceints de verdure. Au fond, vous commencez à distinguer le Marboré ; et, s'il est éclairé par les rayons du soleil levant, l'étonnement et l'admiration, malgré vous, s'emparent de tout votre être. Ces murailles verticales, ces tours, ces amphithéâtres, ces plateaux couverts de neige, qui de loin semble du marbre, égarent tout-à-fait votre jugement. Vous croyez toucher aux ruines d'une ville immense que les plus puissants peuples de la terre auraient fondée sur la crête de ces montagnes. Ce cirque vous retrace le colysée, ces plateaux les terrasses des jardins des Babylone ; et trois colysées se succèdent depuis la base jusqu'au sommet de la montagne, trois terrasses immenses se relèvent les unes au dessus des autres. Voilà le fond de ce riche tableau ; tel est le rideau qui en ferme brusquement l'admirable perspective. Près de vous, c'est Gèdre (*) et sa grotte si riante. Le torrent y forme une petite cascade et un bassin qu'enferment des roches verticales de la plus riche couleur et que cou-

(*) Il existe chez M. Duperraux un grand tableau qui représente la grotte de Gèdre, et qui est peint avec ce talent distingué que cet habile artiste a répandu dans tous ses ouvrages.

vre un berceau de la plus fraîche verdure. Avec une tête poétique, avec une imagination un peu vive, vous croiriez voir ici le bain de Diane ou de Vénus, et des colombes qui nichent dans les rochers de la grotte et qui voltigent sans cesse à l'entour, pourraient, en augmentant le prestige, justifier en quelque sorte votre crédulité.

Bientôt le village se déploie à vos yeux. Placé à mi-côte sur une espèce de promontoire, il commande toute la vallée qu'il a soumise à la culture. Ses maisons s'étendent à mesure que l'on s'élève, ses prairies tapissent toute la déclivité de la montagne. C'est réellement, comme le dit M. Ramond, p. 224, un pays tout entier, et c'est un pays délicieux; c'est une suite de sites qui se disputent d'élégance et de majesté. Des maisons propres, de jolis bouquets d'arbres, de nombreux troupeaux errants sur un immense tapis vert, formeraient même en plaine un tableau ravissant. Ce tapis, la montagne le soulève, le moule sur ses larges contours. En se couvrant de cette riante parure, elle lui communique quelque chose de sa gravité; la fierté s'unit aux grâces, la richesse à la grandeur, et, dans cette heureuse alliance, on ne sait qui a gagné le plus, ou de la nature sauvage, ou de la nature cultivée.

Description de la vallée d'Azun.

Je voudrais maintenant peindre la vallée d'Azun; je voudrais faire passer dans l'ame du lecteur toutes les émotions qu'un si beau lieu m'a causées. Hélas! il est plus facile de sentir que de rendre et de communiquer ses sensations. Je vais néanmoins tâcher de les faire concevoir, en donnant un récit fidèle de mon voyage dans cette belle vallée, et des impressions que j'ai éprouvées pendant sa durée.

Je partis de Cauterêts le 1er. d'août, à six heures du matin; le temps était brumeux, et un brouillard assez épais m'accompagna jusqu'à Pierrefitte; mon ame était dans une disposition très mélancolique; à peine avais-je fait attention aux détails pittoresques dont cette route est parsemée. Lorsque je commençai à monter le sentier qui conduit à St.-Savin, le soleil avait dissipé le brouillard, réchauffé l'atmosphère; la verdure était même encore ravivée par ce vernis luisant que l'humidité étend sur les feuilles. J'arrivai au village de St.-Savin déjà ranimé et content.

La vue de ces frais ombrages à travers lesquels s'abaissait la montagne que je suivais, et se relevaient les montagnes cultivées qui bordent la vallée d'Argellès, les images de bonheur et d'aisance répandues dans toutes ces campagnes, avaient chassé la tristesse de mon cœur pour le remplir d'émotions calmes et douces. Je m'arrêtai quelque temps à considérer l'antique abbaye de St.-Savin, qui, flanquée de ses grosses tours, tapissée de vieux lierres, ceinte de bosquets de noyers et de châtaigniers, accompagnée d'un village proprement bâti, et dominant toute cette belle vallée d'Argellès, soumise autrefois à sa juridiction, fait honneur au bon goût du fondateur, et mêle une teinte religieuse et grave au tableau pastoral et riant qu'offrent tous les objets qui l'entourent.

Ce pays si riche et si varié, ce village si pittoresque a entendu résonner la lyre d'une Muse ; les Pyrénées ont eu leur Anacréon ; la tendre Érato a daigné un jour quitter le Parnasse et le Pinde pour les hauts sommets des Pyrénées, et abandonner la langue riche et harmonieuse de son pays natal pour le patois naïf de la Bigorre. Elle s'est plu à inspirer M. Despourins, auteur de plusieurs chansons élégiaques, de plusieurs odes amoureuses, écrites dans la langue commune à toute cette partie des Pyrénées.

Cet écrivain a eu dans sa province une réputation qui me semble justement méritée.

Aidé par la connaissance de la langue espagnole et par un séjour de trois mois que j'ai fait dans ces montagnes, j'ai lu un recueil entier de poésies manuscrites de cet auteur, où j'ai souvent trouvé, à travers quelques idées recherchées, quelques expressions de mauvais goût, des morceaux pleins de grâce et de poésie.

J'en citerai pour exemple ces deux petites chansons que j'ai choisies, non pas parce qu'elles m'ont paru les meilleures, mais parce qu'elles étaient les plus courtes:

PREMIÈRE CHANSON.

Deous attreits dïie youene pastoure
Mon praoube côô s'ey embescat.
Neit et dic souspire et ploure
Paous charmes qui l'on encantat.

Nou, lou sou dab sa blonde facie,
Las esteles dab lou clartat
Nou lusen pas dab tant de gracie
Que la friponnete a d'esclat.

Sous oueillous nou soun que dues ames,
Dus houacs alugats près à près.
D'aquiou an la bolen las flames
Que l'Amou tire à man rebès.

Quan lous dious fourmen sa bouquete,
Lours dons y bouten touts caousits,

TRADUCTION LITTÉRALE.

Des attraits d'une jeune bergère
 Mon pauvre cœur s'est *englué ;*
Nuit et jour il soupire et pleure
 Pour les charmes qui l'ont enchanté.

Non, du soleil la blonde face,
 Des étoiles la douce clarté
Ne brillent pas d'autant de charmes
 Que la friponnette a d'éclat.

Ses jolis yeux ne sont que deux ames,
 Deux feux allumés près à près.
 De ce lieu-là volent les flammes
Que l'Amour lance *à pleines mains.*

Quand les dieux formèrent sa petite bouche,
 Ils y mirent leurs dons tous choisis,

Et de sa gorge enflairadete
Be hen dües pilas de perpits.

Sa taille ben ey mesurade
A la payere deous amous,
Et sa cintete n'en hondrade
De las penès deous aïmadous.

Sous pedius tab sas gracietes
Saben ta plaâ se compousa
Que dizeret û pââ d'aletes
Qui sus terre la hen boula.

A bous digne objet de tendresse,
Ma luts, moun soleil, moun esprit,
Agradat charmante mestresse
Lou plaingt dû côô que abet hèrit.

Et de sa gorge parfumée
Ils en firent deux boules d'albâtre.

Sa taille a été faite (ou mesurée)
A la mesure des amours,
Et sa petite ceinture est parée
Des peines de ses amoureux.

Ses petits pieds, si pleins de grâces,
La portent avec tant de légèreté,
Que vous diriez une paire de petites ailes
Qui sur la terre la font voler.

O vous, digne objet de tendresse,
Ma lumière, mon soleil, mon esprit,
Agréez, charmante maîtresse,
Les plaintes d'un cœur que vous avez blessé.

DEUXIÈME CHANSON.

Ataou quan la rose ey nabere,
Quan aÿ miey ubert lou boutou,
Ataou qu'abé sus la machere
Paouzat Philis lou bermillou.

Coum lou sou clareyante qu'ere
Taou madix tendre coum l'arrouz;
Mal haye qu'ere hou ta bere,
Ou que you houy tant amourouz.

Que m'an banit de sa présence,
Que n'oum pouix esta de l'aima
Contre l'amou que hé l'absence?
Ere non hé que l'aougmenta.

TRADUCTION LITTÉRALE.

Ainsi que la rose nouvelle,
Quand à moitié ouvert est le bouton,
Ainsi Philis sur la joue
Portait un doux vermillon.

Comme le soleil elle était rayonnante,
Fraîche aussi comme la rosée.
Ah! malheur, pourquoi fut-elle si belle,
Ou pourquoi fus-je si amoureux?

On m'a banni de sa présence;
Je ne puis m'empêcher de l'aimer.
Contre l'amour que fait l'absence?
Elle ne fait que l'augmenter.

Seras-tu donc toustem beroye?
Et you toustem tan amourouz?
Seras-tu donc toustem beroye,
Et you toustem ta malhurouz?

Pastourets qui n'abet encore
Goustat ni plasés ni doulous,
Gouard abbe sustout d'aïma here
Si long-temps boulat bibe hurouz.

Ny aïgues caoutes, ni aïgues ſredes
Arré men maon n'om pot guary,
Si nou que tu la mie beroye,
Sit hé plasé de m'aoubedy.

Seras-tu donc toujours jolie,
Et moi toujours amoureux?
Seras-tu donc toujours jolie,
Et moi toujours malheureux?

Petits bergers qui n'avez pas encore
Goûté ni plaisirs, ni douleurs,
Gardez-vous surtout d'aimer beaucoup
Si long-temps vous voulez être heureux.

Ni eaux chaudes ni eaux froides
Mon mal ne peuvent guérir,
Il n'y a que toi, ma charmante,
S'il te plaisait de céder à mes vœux.

De St.-Savin à Arcizas-Avant, et d'Arcizas à Sireich, vous côtoyez la vallée d'Azun; là, vous avez pendant deux lieues l'aspect d'un des sites les plus heureux que puisse offrir la nature. Dans la partie centrale des Pyrénées, sur le revers méridional, et dans les vallées de Barèges, de Campan, de Gavernie et de Cauterêts, on voit peu d'arbres, et point d'arbres majestueux. Dans cette vallée, au contraire, vous marchez sous l'ombrage des plus beaux chênes, des châtaigniers et des noyers les plus énormes. Il y en a beaucoup qui ont six pieds de diamètre. Chaque arbre de cette famille de géants compte plusieurs siècles. Au milieu du berceau que forment leurs vastes branches, vous laissez errer vos yeux avec un vif plaisir sur des prairies d'un vert d'émeraude. Des massifs diversifiés de forme, de grandeur et de feuillage sont semés avec grâce sur ses gazons ; plus bas, vous entrevoyez quelques teintes d'un blanc éclatant qui percent de temps en temps à travers les rideaux d'un ombrage vert et vigoureux. Vous les prendriez pour des plaques de neige, si le bruit du torrent ne vous avertissait que c'est son onde jaillissante entre les rochers qui produit ces brillantes apparences. Au dessus du Gave, le terrain se relève de nouveau. Ses mouvements sont si heureux, sa pente est si douce, les arbres isolés, les masses de feuillage, les aiguilles des rochers y sont distribués d'une manière si pittoresque, que l'œil charmé se complaît à s'arrêter sur chacun de ces détails ravissants. Il est réjoui par la vue des jolis villages d'Arras, d'Arcizas-Dessus et de Gailhagos, qui se montrent suspendus à mi-côte avec leurs murailles de granit, leurs toits d'ardoises, et leurs portes de marbre. Au dessus de votre tête se redresse fièrement la crète des montagnes qui séparent le val d'Azun de celui de Cauterêts, et dont le Mouné forme le point le plus élevé; enfin ce tableau si frais, si varié et si gracieux est terminé par un rideau de montagnes admirables. Leur teinte est azurée comme le firmament, leurs contours larges et fiers, leur masse immense et imposante. Des nuages argentés s'étendent sur leurs flancs, tels que des franges brillantes. Leur cime, souvent couverte de ces nuages, quelquefois apparaissant de loin comme si elle était portée par eux, ajoute une teinte de sublime aux couleurs élégantes et romantiques du reste de la scène.

On descend à Sireich une côte nue et escarpée. On s'y sent brûlé par les rayons du soleil; mais bientôt on se trouve sur les bords du petit Gave de Bun. On traverse le village de Bun, on arrive au gué de Terre-Nère. Là, au sortir d'une cascade écumante, le fleuve forme un petit bassin d'une eau brune et limpide qui laisse voir tous les cailloux dont est tacheté le fond de son lit. Des chênes vigoureux et de grands aunes ceignent ce réduit frais et tranquille des rideaux épais de leur noir ombrage. Tout dans cette scène rapprochée inspire des idées d'un bonheur tranquille, éveille le désir de la vie pastorale. On est tenté de s'écrier avec le plus gracieux des poètes bucoliques:

Hîc gelidi fontes, hîc mollia prata, Lycori,
Hîc nemus, hîc ipso tecum consumerer ævo.

Vois ces riants coteaux, Lycoris, vois ces plaines;
Ici, de frais gazons; là, de vives fontaines;
Là, des bois: c'est ici, qu'en nous aimant toujours,
Le temps avec lenteur consumerait nos jours.

(Virgile, *Églogue* x, p. 233, *trad. de Didot.*)

Les beautés pittoresques font place aux richesses de la culture à mesure qu'on avance vers le fond de la vallée. Le terrain est plus uni, les moissons plus nombreuses et plus abondantes, les villages plus peuplés. La race des hommes et des femmes est très belle dans cette vallée; on y trouve plusieurs figures comparables aux plus belles têtes de Raphaël ou de Michel-Ange; leur caractère est doux et affable : ils sont plus hospitaliers et plus prévenants que dans les vallées riches en eaux thermales, dans lesquelles le commerce des habitants des villes a un peu altéré la pureté des mœurs de l'habitant des montagnes. Ils me suivaient souvent pendant un quart de lieue pour me montrer le chemin. Partout je trouvai l'accueil le plus prévenant : j'en excepte pourtant Marsons où, sur je ne sais quel prétexte, on nous prit, moi et mon compagnon de voyage, pour des garnisaires. Nous avions beau redoubler de politesse dans nos questions, chacun nous fermait sa porte ou doublait le pas pour nous éviter.

L'état ecclésiastique est en grand honneur dans cette vallée reculée. A Arrens, le dernier village de France du côté de l'Espagne, je trouvai douze enfants qui savaient le latin. Quel livre lisez-vous, demandai-je au fils de l'aubergiste qui me conduisait à la chapelle de Poey-la-Huc? *Saturnus et Janus patres sunt deorum.* Telle fut sa réponse qui m'apprit que l'*Appendix de Diis* était là le livre élémentaire, et que le zèle ardent des ministres de la foi n'avait pu encore, dans ce coin de terre isolé, détrôner entièrement les dieux du paganisme.

On prétend que le commerce assidu avec les prêtres a donné à la conversation des femmes une teinte mystique qu'elle conserve jusque dans l'amour. Les expressions figurées, les métaphores hardies de la *Bible* et du *Nouveau Testament* leur sont très familières.

Une jeune fille qui avait aimé éperdument un beau montagnard de cette vallée, avait eu le désespoir de voir son amant partir pour l'armée; elle était restée grosse, et le chagrin la consumait. Ses couches arrivèrent; elles furent très dangereuses; et dans l'agonie des douleurs horribles qui allaient la conduire au tombeau, on l'entendait sans cesse répéter dans le patois de son pays ces mots d'Absalon : *Hélas! je n'ai goûté qu'un rayon de miel, et je me meurs!*

On n'est pas peu étonné de trouver hors du village d'Arrens, à une assez petite distance de la crête des Pyrénées, une aussi jolie chapelle que celle de Poey-la-Huc. Le plafond en est peint en bleu foncé semé d'étoiles d'or ; l'autel, la chaire, le tabernacle en ont été dorés avec beaucoup de richesses. Le parvis est d'un seul bloc de granit.

La reine de Hollande s'y était rendue incognito quelques jours avant moi; le propriétaire de la chapelle, sans la reconnaître, l'avait priée, me dit-on, d'intercéder auprès de l'évêque pour qu'il en permît l'ouverture. « Je vous promets de le demander, dit la » reine fondant en larmes, promettez-moi » seulement de dire une messe tous les ans, » le 5 de mai (1). »

L'espérance que leur chapelle allait être

(1) C'était le jour où la reine avait perdu son fils, Napoléon-Charles.

r'ouverte avait répandu la joie dans tout Arrens : elle nous valut un honneur dont nous n'étions pas dignes. A Marsons on nous avait pris pour des garnisaires, à Arrens on jugea, sur notre mine, que nous étions des commissaires envoyés par la reine pour faire ouvrir la chapelle. Nous eûmes beau nous en défendre, on ne voulut jamais nous croire; nous eûmes bien de la peine à faire accepter à notre hôte le prix de notre dîner : il se confondait en témoignages de respect, et plus de cinquante habitants qui s'étaient rassemblés au bruit de l'arrivée de personnages revêtus de fonctions aussi importantes que celles qu'on nous prêtait, imitaient l'aubergiste dans ses marques de vénération et dans l'expression de sa reconnaissance.

Je remontai à cheval, en riant beaucoup de la double méprise de ces bonnes gens; car, à coup sûr,

Je n'avais mérité
Ni cet excès d'honneur, ni cette indignité.

Je suivis, à mon retour, la rive gauche du Gave. La route est unie, large et facile. On pourrait y rouler en calèche. On est étonné de rencontrer un si beau chemin dans une vallée qui ne communique avec l'Espagne que par le port d'Azun, dont le passage est difficile et peu fréquenté. Le paysage devient plus pittoresque en approchant d'Arras et d'Argellèz. Quelques beaux arbres qui avaient disparu dans le fond de la vallée se montrent ici pour encadrer entre leurs rameaux le tableau des prés verts de la côte opposée et du village d'Arcizas qui est placé comme en vedette sur le sommet d'un mamelon isolé.

C'est enfin par la vallée d'Argellèz, beau lieu qu'on admire toujours, même lorsqu'on l'a vu cent fois, que je rentrai à 9 heures du soir dans la gorge de Pierrefitte, et de là dans le joli village de Cauterêts.

Voyage à Vignemale: Description des vallées de Cauterêts et de Lutour.

Vignemale est, comme on sait, la plus haute montagne des Pyrénées françaises; son élévation, au dessus du niveau de la mer, a été fixée à 1722 toises, par les opérations trigonométriques de MM. Reboul et Vidal. On n'était pas encore bien d'accord sur la nature des roches qui composaient cette montagne.

Pasumot avait écrit qu'elle était granitique.

MM. Reboul et Vidal assuraient que c'était une montagne calcaire.

M. la Beaumelle ne s'accordait pas avec les deux auteurs que j'ai cités.

Je désirais de fixer mes incertitudes sur ces points qui tiennent essentiellement à l'histoire de la structure des Pyrénées, et je partis de Cauterêts, à quatre heures du matin, le 10 septembre 1807, avec un de mes amis, M. Gobineau, élève de l'école Polytechnique, et en outre Joseph et Martin, qu'on regarde comme les deux meilleurs guides de Cauterêts.

Cette vallée est renommée par l'abondance et la limpidité de ses eaux, et surtout par la grâce, la hardiesse ou la majesté des diverses cascades que forme le long de ses rives le Gave pittoresque qui l'arrose.

Toutes ont un caractère différent. La première que l'on rencontre après avoir quitté les bains de la Rallière, est celle de Maourat; là, un torrent rapide s'élance de degrés en degrés sur un plan incliné, formé d'un granit énorme, dont la couleur grise, noircie par l'humidité de l'eau qui y glisse avec rapidité, fait ressortir l'éclat de cette nappe argentée. Vous croiriez tout-à-fait voir la chute immense d'une masse de neige liquide et bruyante que l'avalanche, fille de l'orageux hiver, précipiterait sans cesse en flocons éblouissants du sommet brumeux des grandes montagnes. Les amis de la nature y pleurent la perte d'un beau vieux hêtre qui suspendait avec grâce ses rameaux flexibles au dessus de cette chute tumultueuse, et que la hache maladroite d'un montagnard a privé de son antique panache et de son murmurant ombrage.

De ce lieu vous pouvez vous convaincre de la variété infinie de la nature montagneuse, en jetant les yeux sur une cascade opposée à celle-ci. Ce n'est plus le bruit, ni la chute impétueuse du torrent de Maourat : un Gave charmant, qui, après avoir glissé long-temps sur les prés fleuris et sous les verts bosquets de la douce vallée de Lutour, semble en avoir pris la grâce et le charme paisible, tombe dans le vallon de Cauterêts en cinq ou six jets d'eau éblouissants de blancheur. Cette onde si pure et si limpide, resserrée entre des rocs dorés, couronnée de l'émeraude des mousses et des scolopendres, dont les unes étendent de verts tapis, et les autres allongent leurs tortueuses guirlandes jusqu'au milieu du cristal de ses flots, le doux frémissement de cette cascade se mêlant aux murmures des zéphyrs, le gazouillement de la chute et le bruissement du feuillage des sorbiers, des sureaux à grappes, et des sapins argentés qui penchent leurs rameaux chargés de fruits sur ses ondes cristallines, tout présente le tableau le plus gracieux et le plus varié, inspire des idées de bonheur et une douce mélancolie;

on rêve à ce doux murmure, on s'égare en d'aimables souvenirs, on penche sur le torrent sa tête immobile, on sent couler de ses yeux une larme, et l'on s'étonne d'avoir pleuré dans un moment où l'ame était plongée dans l'extase de la plus douce ivresse.

Remontez le Gave sorti des glaciers de Vignemale: un spectacle d'un autre genre s'offre à vos regards; ce sont de vieux sapins étendus sur la terre parmi des blocs de granit éboulés; à droite et à gauche des pics aigus allongeant vers les cieux leurs cimes noircies par la foudre; au milieu, sous des sapins gigantesques, l'œil est frappé de la vue d'un arc-en-ciel tracé sur la pente d'une colline, l'oreille est assourdie d'un bruit de tonnerre. Vous avancez, vous vous penchez sur l'abîme.

Un torrent furieux s'y précipite avec le fracas des volcans ; il lutte avec rage contre un bloc granitique de cent pieds de tour que la tempête a précipité des monts et que ses flots ne peuvent charrier ; il s'indigne de l'obstacle, et se jette en rugissant dans un gouffre profond qu'il s'est creusé entre deux murailles du granit le plus dur : la limpidité seule de ses ondes contraste avec la sévérité effrayante dn tableau. Mais je l'ai vu à la fin d'un long orage ; il roulait des eaux fangeuses et plombées comme le ciel qui s'appesantissait sur la vallée ; il entraînait de chute en chute les rocs qu'il entrechoquait avec un fracas horrible ; le feu qui jaillissait de leurs veines se mêlait aux jaillissements de ses ondes ; le tonnerre qui grondait parmi les échos des montagnes se mariait au fracas du tonnerre que roulaient ses flots tumultueux; le bruit de sa chute s'unissait au bruit des arbres emportés dans son cours et brisés en éclats sur ses roches; la nature était en convulsion; on croyait assister à une scène du déluge, et ce lieu était digne d'inspirer de semblables pensées.

Je voudrais décrire encore les belles cascades du pont d'Espagne; mais il faudrait l'inépuisable fécondité de la nature pour trouver des couleurs variées en peignant des objets qui ne diffèrent entr'eux que par des nuances fines et délicates. J'essayerai cependant de faire passer dans l'ame du lecteur quelques unes des émotions que m'a inspirées ce tableau à la fois gracieux et imposant, à la fois riche, élégant, majestueux et terrible.

Ici, le torrent, sorti des glaciers de Vignemale et du lac de Gaube, se réunit au Gave que versent les montagnes de Cambalès, de Péterneille et de Marcadau. L'un, du sommet d'un rempart perpendiculaire de granit, s'élance avec un bruit imposant; à droite et à gauche des masses touffues de pins rouges et de sapins argentés rehaussent l'argent de ses flots de l'émeraude de leur verdure. Une ceinture que le sommet de ces arbres forme au dessus de la cascade peut seule vous amener à croire que le torrent ne sort pas immédiatement des nuages.

L'autre, paisible et élégant, vient rejoindre son frère au dessous de cette chute majestueuse. Il s'est orné de tous les atours de la plus gracieuse parure; son front est ceint d'anneaux de perles et de guirlandes de diamants que produit à chaque instant l'agitation modérée du cristal de ses ondes; il a paré son sein de bouquets de rhododendrons et de saxifrages, de touffes odorantes du lys et de la rose des Pyrénées; il ne répond à la voix éclatante de son aîné que par un doux babil, au fracas de ses flots que par le plus aimable murmure.

Bientôt les deux fleuves réunis ouvrent les flancs déchirés de la montagne pour s'y frayer un passage; ils s'y creusent une énorme tranchée entre deux murailles d'un granit noirâtre et poli, que leurs fureurs seules ont pu détruire; ils s'élancent dans l'abîme; là, couverts d'écume, rugissant de rage, ébranlant les fondements de leur prison, secouant les chaînes qui les oppressent, ils se débattent en mugissant dans les noires profondeurs du gouffre immense. Tableau admirable et sublime! Vous avez cru contempler un paysage du majestueux Éden, errer sur les rivages fleuris des champs Élysiens, et maintenant vous croyez entrevoir la ténébreuse caverne par où l'Achéron s'élance vers le palais du terrible Pluton (1).

En arrivant au lac de Gaube, nous trouvâmes des ouvriers occupés à construire une

(1) Il existe à Morfontaines, dans le palais de S. M. le Roi de Naples, un grand tableau de ces cascades peint par M. Duperreux, le seul des paysagistes français qui ait étudié et fait connaître les Pyrénées. Je n'ai point vu ce tableau, mais, d'après les nombreuses productions de cet habile

cabane. Les murs étaient formés de quartiers de granit posés sans mortier les uns sur les autres, et le toit achevait de se couvrir de larges planches de sapin unies ensemble.

Un mois auparavant je n'avais vu dans ce lieu qu'une cabane de pêcheurs bien étroite et bien délabrée; j'étais surpris de voir s'élever un édifice vraiment *somptueux* pour un lieu aussi désert. J'appris que trois semaines avant ce jour, les pêcheurs étant venus entendre la messe à Cauterêts, avaient laissé imprudemment du feu dans leur cabane qu'ils avaient trouvée réduite en cendres à leur re-

---

artiste qui ont passé sous mes yeux, je puis assurer que regarder ses études et se promener dans son cabinet, c'est réellement voyager dans les Pyrénées.

tour. Mlle. Tascher (1) était allé visiter le lac; les pauvres gens lui avaient conté leurs malheurs : elle en avait été attendrie, et elle avait ordonné tout de suite, avec cette bonté qui la caractérise, qu'on reconstruisît leur cabane, et qu'on la fît plus grande et plus commode que celle qu'ils avaient perdue.

C'est ordinairement au lac que s'arrêtent les courses des baigneurs de Cauterêts qui sont le plus vivement épris des beautés de la nature; mais ce que je voudrais leur faire aimer, ce sont les spectacles sauvages qui s'offrent à chaque pas, lorsque vous avez dépassé le coteau granitique qui sépare le lac de Vignemale. Ici, la végétation des grands ar-

(1) Aujourd'hui duchesse d'Aremberg.

bres expire; au pont d'Espagne vous avez quitté les sapins argentés, ici les pins rouges vous abandonnent. Les rhododendrons et les saxifrages vous restent encore; mais, arrivé aux cascades de Splenouse, si vous vous tournez vers le nord, le tableau se charge de couleurs plus sévères. Là, le torrent tombe à nu entre d'énormes piliers de granit; sa chute peut avoir trente ou quarante pieds de hauteur; ensuite vous le voyez courir et se précipiter sur un vaste plan incliné; au milieu des pointes de rocs qui se redressent sur ses flots, des petites cavernes où s'engouffrent en murmurant ses ondes, à droite et à gauche se relèvent majestueusement les sommets nus de la Hourquette et du pic de Gaube; plus loin, dans la vallée, s'étend un bois de pins touffus qui forme une délicieuse écharpe de verdure au lac, dont l'azur immobile termine harmonieusement le quatrième plan du tableau, couronné par les têtes brisées des montagnes de Péguère et de Marcadau.

Du même lieu, faites volte-face : tout inspire l'étonnement, chaque objet vous imprime une admiration mêlée de terreur ; de part et d'autre, des rocs énormes qui se traînent en longs éboulements sur les flancs des montagnes ; au dessus, des pics aigus de granit et de longues aiguilles s'ouvrant le séjour des nuages ; en face le vaste cirque où finit la vallée de Lavedan, où commence le Gave qui ne se perd dans l'Adour qu'auprès de Bayonne ; plus haut le glacier qui lui donne naissance, hérissé de roches éboulées, parsemé de crevasses énormes; et enfin, par dessus ces roches, ces torrents, ces pics, ces glaciers, l'orgueilleux Vignemale élevant sa tête immense, dont les neiges forment la barbe chenue, les nuages la sombre chevelure, et qui, tel que l'Atlas, peut se vanter de vomir les fleuves échappés des vastes cavités de sa bouche profonde.

C'est au pied du glacier de Vignemale seulement que nous nous permîmes de nous asseoir pour faire un léger déjeuner qui pût nous donner les forces nécessaires pour achever l'entreprise pénible que nous avions commencée. J'observerai, en passant, que sur les cartes de l'Académie et même sur celle que M. Ramond a jointe à son Voyage au Mont-Perdu, Vignemale est placée beaucoup trop près du lac de Gaube; du moins je puis assurer que nous avons mis autant de temps, la montre à la main, pour nous rendre du lac au pied du glacier, que de Cauterêts au lac, et cependant le chemin n'en est ni plus montueux ni plus difficile.

Nous nous étions assis chacun sur une roche, au pied du ruisseau qui sort deux cents toises plus haut du glacier de Vignemale; et en retirant de son eau si fraîche le vin de Bordeaux que nous y avions plongé au commencement du repas, je me rappelai ce charmant vers d'un de nos plus grands poètes, qui a toujours honoré mes travaux de ses conseils, et ma personne d'une amitié que je regarde comme un des plus précieux héritages que mon respectable père m'ait laissé en mourant. Ce joli vers s'offrit donc à ma mémoire, et je ne pus m'empêcher de m'écrier à mon compagnon de voyage : Vous conviendrez que c'est le cas de dire ici :

Bacchus y rafraîchit dans l'urne des Naïades.

(*Homme des Champs*, chant 3.)

Dans le repas, j'avais eu soin de bien traiter mes guides pour réchauffer leur zèle; mais déjà s'élevaient quelques sourds murmures. On disait que personne n'était allé au sommet de Vignemale; que je voyais les glaciers, et devais me contenter de cette vue; que MM. Ramond et Béranger s'étaient arrêtés là; qu'enfin on ne pouvait concevoir ce que je voulais y faire.

Cependant ma curiosité était vivement excitée; depuis Cauterêts jusqu'au pied de

Vignemale, tous les débris roulés par le torrent, toutes les roches écroulées du sommet des montagnes qui bordent la vallée ne m'avaient presqu'offert que le granit gris à larges compartiments et à arêtes saillantes; il s'y trouvait aussi un peu de granit à grain fin, et quelques cornéennes, quartz ou petrosilex, superposées ou intercalées dans le granit. Je voulais absolument résoudre le problème de la structure de cette grande montagne qui semblait se cacher de plus en plus à mesure qu'on en approchait davantage. Nous avions commencé à gravir depuis une heure environ, lorsque mon compagnon se trouva la poitrine si vivement oppressée par la vivacité de l'air, que je fus obligé de me séparer de lui. Après être convenu qu'il se rendrait avec Martin, par le port de la Hourquette, dans la vallée de Lutour, et qu'il m'attendrait au lac d'Estom, je m'élançai avec Joseph, le plus hardi et le plus agile de mes guides, dans les horribles éboulements qui pouvaient conduire, en tournant les flancs de la montagne, au faîte de Vignemale, qu'on nomme le *Som de la coste.* Des troupeaux d'isards se montraient souvent devant nous : je les voyais bondir de rochers en rochers, s'élancer en colonnes jusqu'au faîte des pics les plus escarpés; là, poser une vedette sur le roc le plus haut pour observer les approches de l'ennemi, et en moins de cinq minutes gravir la montagne la plus roide, ou descendre à toute course le ravin le plus périlleux. Combien j'enviais leurs jambes agiles, qui les portent comme des ailes sur les sommets les plus inaccessibles ! mais, hélas ! j'étais obligé de me traîner péniblement sur la terre ; j'étais arrivé, non sans peine, sur l'arête qui s'élève entre le *Som de la coste* et le Mont-Ferrant, autre sommet qui, de même que Cerbellona et Poey-Mourou (1), fait aussi partie de Vignemale, nom générique de la montagne.

Je me trouvais déjà élevé de plus de cent toises au dessus du glacier nord-est de Vignemale qui donne naissance au Gave de Cauterêts, et les mêmes roches se montraient toujours à mes yeux ; partout du granit, et rien que du granit dans les bases et dans les flancs de cette montagne. Ma curiosité redoublait, le désir de connaître s'accroissait

(1) Le Pic Noir.

en raison des obstacles à surmonter. C'est alors que mon guide, qui n'avait pas les mêmes motifs pour exciter son ardeur, me déclare positivement qu'il n'ira pas plus loin; je lui assigne un lieu où il pût m'attendre, et, ne conservant que mon marteau, mes crampons et mon bâton ferré, je me remets en route avec une ardeur que n'avait pu refroidir l'abandon où j'étais laissé.

A peine avais-je monté cinquante toises, que je m'aperçois que le granit fait place aux roches de corne qui y sont superposées; j'en recueillis plusieurs échantillons, et je me rappelai que j'avais déjà observé le même fait au Mouné, dont la cime seulement offre des cornéennes recouvrant d'une légère couche le granit qui forme sa masse presqu'entière.

Je m'avance vers le sud-est, toujours gravissant la pente rapide de cette même arête. Le plus beau glacier des Pyrénées, le seul qui puisse, en quelque sorte, porter ce nom, s'offre par une brèche à mes regards; il comble en entier l'effroyable ravin, ou plutôt le vaste abîme qui sépare le Mont-Ferrant du Som de la Coste, et Cerbellona de Vignemale. Son origine remonte jusqu'à la crète de la montagne; il étendait ses pieds d'un côté dans le val de Broto, où il fournit les sources de l'Ava, de l'autre dans la vallée d'Ossoue, où il donne naissance à un Gave assez considérable. Ses flancs étaient sillonnés de larges crevasses de plus de soixante pieds de profondeur, s'étendant sans interruption, du fond de la vallée jusqu'au faîte de la montagne;

des collines longitudinales accompagnaient ces cavités dans toute leur longueur; toutes les couleurs de l'arc-en-ciel se jouaient sur leurs fentes éclairées des rayons du jour le plus pur: on eût dit un vaste champ d'albâtre labouré par les mains de ces fils de la terre, que la fable nous peint sous des formes si gigantesques. J'étais muet d'admiration, immobile d'extase devant un si beau spectacle; la sueur ruisselait de mon front, et se glaçait aussitôt qu'elle tombait sur les roches abritées du soleil, qui étaient étendues à mes pieds.

Après ce léger repos, ranimé par une nouvelle admiration, je m'élève vers le sommet de la montagne; bientôt (car je n'étais plus guères qu'à deux cent cinquante toises au dessous du sommet principal) je vois les calcaires primitifs recouvrir les roches de corne qui avaient elles-mêmes recouvert le granit; toutes les roches, jusqu'au sommet de la montagne, étaient formées de marbre gris et de quelques couches de marbre blanc grenu, sans aucune apparence de pierres coquillières, sans le moindre mélange de matériaux de nouvelle formation : seulement les couches qui, du côté de la vallée de Cauterêts, descendent verticalement et forment un mur droit de près de quatre cents toises de hauteur perpendiculaire, sur le faîte oriental du plus haut sommet de Vignemale, se fléchissent en ellipses, et s'étendent en assises presque horizontales. J'y ai trouvé quelques fragments d'un calcaire blanc, grenu à grain fin. C'est donc la seule portion de cette montagne qu'on puisse regarder comme étant d'une formation plus récente, et l'on peut, sans former de conjectures trop hasardées, assurer que Vignemale, encore aujourd'hui le plus haut mont des Pyrénées françaises, dominait en souverain toutes les Pyrénées françaises et espagnoles avant que le Mont-Perdu eût revêtu sa base de l'énorme amas de dépôts coquilliers que les dernières alluvions ont jeté comme un manteau sur ses vastes épaules.

Cependant, j'étais arrivé à la cime la plus élevée de cette montagne imposante qui, pour sa masse, ses superbes glaciers, l'antiquité de ses roches, peut, avec avantage, disputer le premier rang au Mont-Perdu. Seul, parvenu à ce sommet jusqu'alors inaccessible, malgré les craintes et les obstacles qu'on avait semés en foule sur mes pas, je ne pus me défendre d'un mouvement d'amour-propre qui me semble aujourd'hui bien ridicule, mais sans lequel peut-être il m'eût été impossible de mettre à bout la pénible entreprise que j'avais commencée.

Le soleil brillait de l'éclat le plus pur ; pas la plus légère vapeur ne cachait le faîte des montagnes, n'obscurcissait le labyrinthe des vallées, et ne rembrunissait le vaste rideau des plaines étendues à mes pieds.

A l'ouest, je découvrais nettement la chaîne des montagnes d'Aspe, la cime fourchue du pic du midi de Pau ; au nord, je voyais le Mouné se relever par dessus les arêtes de Péguère, et les pics de Gaube et d'Illeu qui se découpaient sur les vastes plaines du Béarn et du Bigorre ; à l'orient, Bergons, Néouvielle, le pic long, et le pic de Génos, conduisaient ma vue jusqu'aux montagnes maudites qui semblaient se confondre avec l'horizon ; au sud-est, je dominais de beaucoup la brèche de Roland et Troumouse, et j'apercevais la cime effilée du Mont-Perdu se redressant par dessus les tours du Marboré, et les bastions du cylindre; au midi, j'avais sous mes pieds l'Espagne ; là, une foule de sommets inconnus pour moi fatiguaient ma curiosité sans la satisfaire. Je faisais à Vignemale le serment de parcourir toutes les vallées méridionales qu'il domine, de gravir tous les monts étrangers qu'il tient abaissés sous sa cime souveraine. Insensé que j'étais ! je ne savais pas que tout-à-l'heure il me faudrait, plus prompt que l'éclair, quitter ces belles montagnes. Une lettre fatale m'attendait à mon retour, et deux cents lieues parcourues en trois jours ne devaient pas [illegible] procurer le bonheur de recevoir les derniers adieux d'un père adoré. Hélas! la mort pour fondre sur lui avait des ailes, et mon amour n'en avait pas pour lui porter mes consolations et mes larmes.

Cependant la journée s'avançait; j'avais employé quatre heures à gravir jusqu'à la cime de Vignemale. J'avoue que je ne cherchai pas à me procurer le plaisir de la variété, en prenant une route différente à mon retour: le chemin que j'avais tenu, resserré sur une arête escarpée entre deux glaciers abaissés de plus cent toises au dessous d'elle, était déjà assez difficile : j'aurais pu me trouver dans une position telle, qu'il m'eût été impossible de rejoindre mon guide, même de m'en faire entendre, et je ne savais pas le chemin qui devait me ramener à Cauterêts.

Je redescends en une heure ce qui m'avait coûté quatre heures à monter; je me rends au lieu du rendez-vous, et je trouve mon homme endormi avec son fusil posé à côté de lui. Je venais de voir un isard très près de là, sur le grand glacier dont j'ai déjà parlé; je prends le fusil, je me glisse doucement vers une brèche, et à cinquante pas de distance je tire et je tue cet animal que je désirais depuis long-temps voir de près. Quoi qu'en disent les habitants des Pyrénées, qui lui ont imposé un autre nom, c'est absolument la même espèce que le chamois des Alpes.

Il fallait songer à aller rejoindre nos compagnons de voyage, dont nous étions séparés depuis cinq à six heures. Joseph me propose, pour abréger trois ou quatre lieues, de tourner la montagne de Pocy-Mouron, ou Pic Noir, sur une corniche de six pouces de large, qui a au dessous d'elle un précipice de mille pieds, et au dessus des murailles de roches qui se redressent verticalement à une hauteur de près de quatre cents toises. Nous nous acheminons vers ce périlleux sentier; je prends le devant, et derrière moi j'entends sans cesse Joseph me recommander de n'avoir pas peur, de bien enfoncer mes crampons, de ne pas regarder au dessous de moi; il me répétait qu'il n'avait jamais passé par là qu'une fois, et qu'il y avait eu bien peur. Quant à moi, ses recommandations étaient inutiles, et ses terreurs ne me gagnaient pas; j'étais brave ce jour-là, et je ne sais par quel singulier bonheur j'étais tout-à-fait inaccessible à la crainte. C'est encore de cette corniche que, debout, je pris un dessin du grand sommet de Vignemale. Nous marchions fort lentement, car ce n'était qu'avec beaucoup de peine que nous pouvions passer un pied devant l'autre. Enfin, au bout de trois quarts d'heure de marche, nous débouchons du défilé sur un petit glacier exposé au midi. Nous gravissons le col de la pêne de Succugnac pour descendre vers le lac d'Estom, et la vallée de Lutour; je me précipite en courant sur de minces débris de roches éboulées où l'on enfonçait jusqu'aux genoux; mais la rapidité de la pente m'entraîne, sans pouvoir m'arrêter, jusqu'au glacier qui recouvrait la crête de la montagne : je glisse avec une vitesse extrême, je perds l'équilibre, je tombe, et me voilà emporté, comme une roche écroulée d'une cime escarpée, louvoyant de mon mieux, pour éviter les roches et les glaces tranchantes qui se trouvaient sur mon passage. Enfin, ce n'est qu'à dix pieds de l'extrémité du glacier et du précipice qui le termine, qu'appuyant mes deux pieds contre un bloc de granit enfoncé dans la glace, accrochant mes doigts et mes ongles dans la neige qui en couvrait la surface, je parvins à me retourner sur le ventre, à m'arrêter dans ma course, et enfin à me relever sur mes pieds, un peu étonné d'être descendu si vite.

Une circonstance assez gaie, mais qui est restée fortement gravée dans ma mémoire, c'est que, pendant que j'étais emporté sur le glacier, mon guide, qui m'avait vu plusieurs fois y glisser assez lestement, s'imaginait que je faisais de même, et du haut de sa montagne redoublait ses bravos et ses applaudissements sur la rapidité de ma course.

Enfin, après avoir sauté pendant deux

heures de roche en roche sur les éboulements granitiques de Poey-Vignan et de Pigarallière, après quatorze heures de marche, sans autre repos que celui du déjeuner, j'arrivai au lac d'Estom, lieu de notre rendez-vous, et où mon compagnon et son guide, qui s'étaient reposés plusieurs heures dans leur route, se rendirent un quart-d'heure après.

Je m'interrogeais moi-même, et ne pouvais me rendre raison de cette vigueur extraordinaire qui, sur ces hautes montagnes, animait mes membres, et les rendait inaccessibles à la fatigue; je cherchais à l'expliquer par la pureté de l'air, par l'enthousiasme que commandent ces beaux lieux, et leur inépuisable variété qui vous délasse. En tâtant mon pouls, je crus en trouver une cause différente, ou du moins qu'il faudrait joindre à celles dont j'ai parlé : je m'aperçus qu'il avait cent dix à cent quinze pulsations par minute. C'est donc, je crois, une espèce de fièvre, causée par la raréfaction de l'air, qui répand dans toute la machine une force momentanée surnaturelle, et qui, à mesure que vous vous élevez sur la terre, vous place au dessus de l'obstacle, de la crainte et du danger.

J'étais rendu sur les bords du lac d'Estom, lieu fixé pour notre halte, et je ne songeais pas à me reposer : l'admiration saisissait toutes mes facultés. Ce lac, un peu moins grand que le lac de Gaube, a bien plus d'éclat et de majesté ; ses eaux sont d'un bleu foncé de la couleur la plus riche ; pas un arbre n'y penche ses rameaux ; mais des montagnes énormes y inclinent leurs fronts ; tout autour, Culaus, Soubiran, Poey-Mourou, les pics d'Estom et de Meya, commandent l'admiration par une simplicité de formes que les monts n'acquièrent que sur la lisière des grandes chaînes ; toutes les masses sont largement modelées, les petits détails n'interrompent point l'unité du dessin de l'ensemble ; toujours des plans nobles et majestueux, des coupes nettes et hardies, peu de débris, surtout très peu de ruines récentes : la fierté de ces grandes montagnes primitives semble dominer les cieux, braver les orages, et insulter aux siècles.

8..

De ce lieu, pour regagner Cauterêts, il ne nous restait plus qu'à descendre la charmante vallée de Lutour, vallée délicieuse, bordée de bois verdoyants, veloutée de riches prairies, et abondante en cascades gracieuses, comme celle de Cauterêts en chutes majestueuses ou terribles.

Vous trouvez d'abord les cascades d'Estom, où, parmi un choix des arbres et des arbustes les plus variés, le torrent s'élance, éclatant de blancheur, entre des rochers de granit rosâtre qui parent encore leur teinte agréable de l'émeraude éblouissante des mousses et des fougères.

Ce fut en suivant les rives fleuries de ce Gave pacifique, qui toujours revêt ses bords de moelleux gazons, ou s'ombrage de forêts vertes et vigoureuses au pied desquelles ses eaux roulent la fraîcheur; ce fut après avoir marché, ou plutôt après avoir sauté, glissé ou gravi pendant dix-sept heures, que je rentrai à Cauterêts, chargé des dépouilles de Vignemale, et fort satisfait de mon petit voyage, que les guides évaluèrent à une vingtaine de lieues.

Que mon exemple engage les baigneurs de Cauterêts à ne pas suivre éternellement dans leurs promenades la grande route de Pierrefitte; qu'ils s'enfoncent dans les bois fleuris; qu'ils foulent les pelouses soyeuses de la fraîche vallée de Lutour; qu'ils s'avancent jusqu'aux cascades et au lac d'Estom, et je promets à ceux-mêmes qui ont visité les cascades du pont d'Espagne et le lac de Gaube une source de plaisirs inconnus et d'émotions nouvelles.

LES PYRÉNÉES,

POËME.

LES PYRÉNÉES,

POËME.

Salut, rocs menaçants! salut, sommets déserts!
Vous, orages, des monts majestueux concerts,
Et vous, lacs transparents, dont l'eau tranquille et claire
Semble l'azur du ciel qui coule sur la terre;
Et vous, monts escarpés, qui ne voyez jamais
Que l'aigle ou que la foudre atteindre vos sommets,
Qui, pressés de glaçons, assiégés de nuages,
Jonchez vos flancs de rocs minés par les orages;
Des révolutions séjour tumultueux,
D'où l'ouragan s'élance en bonds impétueux,

Où sifflent des vieux pins les noires chevelures,
Où l'avalanche empreint de profondes blessures,
Image des grands rois qui, sur le faîte assis,
Font trembler l'univers sous leurs altiers sourcils,
Dont la force, assurant ce qu'obtint la conquête,
Brave les factions et rit de leur tempête,
Ces monts lèvent toujours au dessus des éclairs
Leur front calme élancé dans l'océan des airs.

Si, sous d'affreux glaçons, les Alpes sourcilleuses
Sont de leurs monts géants justement orgueilleuses;
Si ces monts, des grands lacs enfermant les berceaux,
Sont fiers de voir glisser en modestes ruisseaux,
De leur cime où l'hiver siège, assis sur son trône,
L'Éridan et le Rhin, le Danube et le Rhône,
Fleuves majestueux, qui, dans leurs cours divers,
Sortant d'un même lieu, vont grossir quatre mers,

Pyrène épanche aussi de son urne féconde
L'aimable et frais Adour, et la riche Gironde;
Ses glaciers moins errants respectent ses moissons; [1]
Ses flancs sont tapissés de plus rares buissons;
Près de ses hauts sommets le lys fleurit encore; [2]
Ses rocs ont plus d'éclat, un feu plus vif les dore;
Sa verdure est plus fraîche et son ciel est plus pur;
Ses bois, ses eaux, sont peints d'émeraude et d'azur.

Je vous prends à témoin, ô vous fraîches vallées,
Riches de tant de fleurs, de tant d'arbres voilées
Qu'anime le babil des murmurants ruisseaux,
L'haleine des zéphirs, et les bruits des troupeaux!
Quand les premiers frimas sur les hautes prairies
Commencent à jaunir les plantes défleuries,
Les troupeaux que guida sur leurs âpres sentiers
La chèvre aventureuse et les hardis béliers,

Les bergers derrière eux, les limiers à leur tête,
Traversent le village orné d'habits de fête,
Heureux de retrouver leurs doux champs, leur beau ciel,
La source accoutumée et le toit paternel.
Là, lorsqu'à flots épais la neige amoncelée
Applanit les rochers et comble la vallée,
Ces jours pour le berger deviennent les beaux jours,
Et l'hiver est pour lui la saison des amours.
A l'éclat du foyer où le sapin pétille,
Quand ses sœurs sur la laine entrelacent l'aiguille,
De sa guerre des monts il conte les exploits,
Et les ruses de l'ours et les bonds du chamois :
Il conte, et son récit les saisit et les glace,
Quels sentiers périlleux se fraya son audace,
Par quels miroirs luisants ses pieds armés de fer
Ont atteint dans son roc l'oiseau de Jupiter.

Lorsque le doux printemps de ses molles haleines
Attiédit les vallons et féconde les plaines,
Il va poser un frein aux fureurs des torrents,
Ou sur ses prés fleuris guide leurs flots errants.
Un triste exil pour lui va, loin de sa compagne,
Consumer les beaux jours sur l'aride montagne.
Aussi l'heureux printemps, la verdure et les fleurs,
Ne retrace à ses yeux que l'aspect des douleurs;
Là, l'amoureux berger, le soir, dans sa retraite,
Fait en accents plaintifs soupirer sa musette,
Et l'écho du rocher, répétant ces doux sons,
Semble un autre berger qui redit ses chansons.
Dans ses vallons tout rit de fraîcheur et de grâce:
Tempé n'a point d'attraits qu'un si beau lieu n'efface.

C'est là qu'un doux accord des coteaux et des monts,
Les vieux chênes pendants sur les gouffres profonds,

Les noirs massifs tranchant sur l'émail des prairies,
Des feuillages divers les riches broderies,
Le concert des oiseaux et la voix des torrents,
Les nuages de pourpre au sein des rocs errants,
L'éblouissant glacier et la caverne sombre,
Et les grands monts au loin prolongeant leur grande ombre,
Les champs, les prés, les rocs, le ciel, la terre et l'eau,
De mille traits divers font un riche tableau.
O fortuné séjour! ô charmants paysages!
Le Pinde et le Ménale envîraient vos bocages.

Si l'œil de ces vallons admire la beauté,
Souvent dans leur eau pure on a bu la santé.
— Barèges, Cauterêts, de vos eaux salutaires,
Dirai-je les bienfaits, peindrai-je les mystères;
Comment leur pur cristal, sans changer de couleur,
Prend et l'odeur du soufre et du feu la chaleur?

Si, dit-on, Aréthuse, à travers l'onde amère,
Conduit, sans l'altérer, son onde douce et claire,
Ces Naïades qu'Hygie attache au sein des monts
Roulent leurs flots bouillants sous l'amas des glaçons.
La nature se plut à cacher leur vestige :
Sans l'expliquer, ma Muse admire le prodige.
Elle admire l'effet de l'active liqueur (3
Qui des nerfs engourdis réveille la langueur,
Qui, r'ouvrant sans effort leurs anciennes blessures,
Des victimes de Mars adoucit les tortures,
Déracine le plomb de leurs membres meurtris,
Et des os fracassés rejoignant les débris,
Fait couler dans leur sang la jeunesse et la vie,
Et les rend à l'espoir de servir la patrie.

Combien ces lieux ont vu de spectacles divers! (4
Ces thermes qui du Celte accueillaient les revers,

Où, tout souillés de sang, tout creusés de blessures,
Les soldats de César suspendaient leurs armures,
Où, reposant leur gloire et soulageant leurs maux,
Ils charmaient leurs douleurs en contant leurs travaux;
Ces lieux, pleins du récit de ces grandes batailles
Par qui Rome d'Alise abattit les murailles,
Et ce chef obstiné de qui le noble effort (5
Fut digne de César, digne d'un meilleur sort;
Ces lieux, dis-je, aujourd'hui, par un destin contraire,
Ont des mêmes Gaulois vu le retour prospère,
Ont su que le Germain, le Sarmate indomté,
L'art, l'hiver et la faim, ils ont tout surmonté;
Que sous d'autres Brennus, égides de la France,
Ils ont subjugué Rome, et fait trembler Bysance.

Ce lieu reçut aussi, dans l'âge de l'amour,
L'aimable Margueritte et sa folâtre cour, (6

Et, si souvent témoin de serments infidèles,
Sourit aux doux récits des joyeuses nouvelles.
On croit, qu'en dessinant ces fidèles portraits,
La reine à son histoire emprunta quelques traits,
Et que des mœurs du temps ces peintures naïves
Sont de ses goûts légers les galantes archives.

Dans ces lieux qu'Annibal, plein de ses grands desseins,
Remplit du noble espoir de dompter les Romains,
Où César médita la chute de Pompée,
Je vois d'un soin moins grave une troupe occupée :
Près d'un si beau spectacle et de si grands objets,
Que de frivoles goûts, de futiles projets !
Tantôt, c'est un repas qu'avec art on combine,
Un fat qu'on mystifie, un roué qu'on lutine;
On raconte, on médit, on prie, on court au bal;
Dans la rue on s'évite, on se cherche au vauxhal;

Le matin dans sa chaise en gémissant s'avance [7]
La beauté qui le soir saute et folâtre et danse,
Et le malade oisif, maudissant sa santé,
Passe le jour au bain, la nuit à l'Écarté : [8]
Le plaisir est le dieu que seul on idolâtre.
Près des rois de la terre est le roi de théâtre :
Tous les rangs sont mêlés, tous les droits confondus,
Du pacte social les nœuds sont détendus;
On jase d'amourette où l'on parla de guerre;
Et dans la même chambre où, partageant la terre,
Du destin des combats on pèse les hasards,
Parmi vingt bruits confus j'entends la voix de Mars,
Mars qui doit tant à l'art et tant à la nature,
Qui de Vénus, je crois, déroba la ceinture,
De Thalie emprunta sa piquante gaîté,
Du jeune front d'Hébé son ingénuité,

Qui vient ici, pleurant une infidèle absence,
Rafraîchir son beau teint pâli d'une inconstance,
Et veut, buvant l'oubli dans le cristal des eaux,
Noyer d'un tendre amour les regrets et les maux.
Enfin, ces lieux ont eu le pouvoir salutaire (9)
D'assoupir lentement la douleur d'une mère;
Son ame succombait au poids de ses malheurs,
Son œil sec et glacé ne trouvait plus de pleurs :
L'air morne, et sur son sein laissant tomber sa tête,
Sa marche était sans but, sa bouche était muette.
« Mon fils! » est le seul cri qu'exhalaient ses tourments.
« Qu'on me rende mon fils! » Hélas! il n'est plus temps;
Déjà l'auguste enfant que l'univers contemple,
Héritier d'un grand nom et d'un plus grand exemple,
A mêlé sa dépouille à la cendre des rois.
Contre un deuil si profond s'unissent à la fois

L'amitié vive et tendre et l'amour maternelle.
On l'entraîne, en dépit d'un désespoir rebelle,
Vers ces monts où Pyrène épanche de son sein
Et l'onde la plus pure, et l'air le plus serein.
L'amitié la contraint à supporter la vie;
(Car reine, au sein des cours elle avait une amie.)
Un prêtre d'Esculape, habitant de ces lieux, (10
Entreprit de domter ce chagrin furieux,
Égara sa douleur dans ces belles montagnes,
La força d'admirer. Là, ses jeunes compagnes
Virent enfin ses yeux séchés par les douleurs
Ranimer leur éclat, et se r'ouvrir aux pleurs.
De sa bonté native elle reprit les charmes;
Son chagrin, s'épanchant en longs ruisseaux de larmes
S'écoulait chaque jour, et voyant ces grands monts
Qui portent jusqu'au ciel leurs vénérables fronts

Et dont les fiers sommets cèdent à la tempête,
Sous le joug du destin elle ploya sa tête;
Mais ces rocs, ces glaciers, témoins de sa douleur,
Ayant calmé ses maux, restent chers à son cœur :
Elle aime à revenir sur ces tristes images.

Aussi, malgré l'horreur de vos formes sauvages,
Je ne vous tairai point, glaciers des hauts vallons, (11
Qui, ceints du doux éclat dont Phébé peint les monts,
Ou reflétant du jour la couleur inégale,
Vous teignez de saphir, d'améthyste ou d'opale.
Glaciers, d'affreux sillons en tous sens hérissés,
Qu'en leur vaste contour paraît avoir tracés
Du séjour de l'Érèbe au séjour du tonnerre
La main des fils du ciel ou des fils de la terre,
Qui passez en poli l'acier luisant et dur,
Qui passez en blancheur l'albâtre le plus pur :

Vous, pères des torrents, des rivières fécondes,
Qui sur l'émail des prés versez d'aimables ondes,
Qui des étés brûlants émoussez les ardeurs,
Et du chien dévorant endormez les fureurs,
Qui conservez les lacs, les ruisseaux, les fontaines,
La fraîcheur sur les monts, la tiédeur dans les plaines,
Sans qui nos champs, privés de leurs plus riches dons,
N'auraient ni fleurs, ni fruits, ni fleuves, ni moissons.

C'est vous qui nourrissez ces cascades fameuses (1)
Où le torrent se courbe en voûtes écumeuses,
Roule en flocons de neige, ou s'élance par bonds,
Court, jaillit, rejaillit sur la pente des monts,
Et s'ouvrant dans les airs des routes inconnues,
En des gouffres sans fond tombe du haut des nues.
Ce fleuve altier, bientôt doux et tranquille et pur,
Fuit en nappe argentée, ou glisse en lac d'azur,

Puis retombe, et peignant sur ses vapeurs fumantes
L'art d'Iris nuancé de sept couleurs changeantes,
Tantôt, fier du cristal de ses flots écumants,
Tantôt, brodé de perle ou ceint de diamants,
Sous le rocher qui gronde ou la forêt qui tremble,
Siffle, tonne, murmure, et mugit tout ensemble.

Au bord de ces torrents, dans ces sombres forêts
Où se plaît le chagrin à porter ses regrets,
Je t'ai vu l'œil en pleurs, dans ton deuil recueillie,
Errer d'un pas rêveur, triste Mélancolie.
Mon cœur s'attendrissait aux contrastes touchants
Des misères de l'homme et du bonheur des champs:

La fille du seigneur d'un des châteaux antiques
Qui couronnent ces monts de leurs créneaux gothiques,
(Julie était son nom ; son âge était quinze ans ;
Son teint celui des fleurs qu'entrouvre le printemps.)

Julie avait vu, dis-je, en sa paisible terre,
Les Castillans porter le ravage et la guerre.
Olvard, jeune soldat, dont le sensible cœur
Pour elle nourrissait une secrète ardeur,
Voit de son vieux seigneur les vassaux en alarmes;
Pour secourir Raymond il vole, il prend ses armes;
Mais le noble guerrier, tandis qu'au pied du fort
Il bravait, présentait, ou repoussait la mort,
Prés de Raymond blessé se vit blesser lui-même.
Il triomphe, et Julie, en ce désordre extrême,
A ces objets chéris prodigue des secours.
Raymond guérit; Olvard souffre et languit toujours:
Pour l'être infortuné ses bienfaits redoublèrent.
Combien dans ces doux soins ses belles mains tremblèrent!
Des cheveux, imitant l'hyacinthe azuré,
Couvraient d'épais anneaux un front décoloré.

Triste et faible, d'Olvarū la voix est plus touchante.
Tu vois s'ouvrir ses yeux : son doux regard t'enchante,
O Julie ! et son teint, sans vie et sans couleur,
Te charme et t'attendrit par sa noble pâleur ;
Le vieux lin effilé par tes mains bienfaitrices
Étanche un sang brûlé des larges cicatrices,
Et sur ce sein ouvert, deux fois chaque soleil,
Julie ôte et remet le calmant appareil.

Tel un lys, abreuvé des vapeurs matinales,
Soigné, sous un ciel pur, par des mains virginales,
Caressé des zéphyrs, nourri des feux du jour,
D'une beauté pudique est l'orgueil de l'amour.
Si l'orage survient, son panache succombe,
Vers la terre ployé, languit, s'incline et tombe ;
Mais l'arrosoir aidé du rameau protecteur
Rend la vie à sa tige et l'éclat à sa fleur.

Olvard domtait ses maux par sa mâle constance,
Et, tout plein des tranports de sa reconnaissance,
Chérissait sa blessure, et déjà dans son cœur,
Conquis par tant d'appas, sentait le trait vainqueur.
« O beauté tutélaire à qui je dois la vie!
» Devrai-je souhaiter qu'elle me fût ravie?
» En guérissant mes maux, plains mes cruels ennuis.
» Ta vive image obsède et mes jours et mes nuits :
» Loin de toi, combien l'heure à s'écouler est lente!
» Sous ta main mon cœur bat d'une fièvre brûlante.
» Ce cœur, sans toi glacé, ne vivra que pour toi.
» Chaque souffle est un bien qui te rappelle à moi. »
Olvard guérit et plaît : Julie aime et l'ignore;
Présent ne voit qu'Olvard, absent le cherche encore :
Et dans son cœur l'amour, sous le nom d'amitié,
Glisse insensiblement, conduit par la pitié :

Sous la reconnaissance il voile encor ses charmes.
Le fier guerrier défend de l'outrage des armes
Raymond et ses vassaux, ses bois et son vallon,
Et veut que la victoire ennoblisse son nom.

Un jour, prêtant son bras au héros qu'elle adore,
Julie au haut d'un roc mène Olvard faible encore :
Olvard avec transport contemplait ces beaux lieux,
Par son amour encore embellis à ses yeux.
« Que j'aime, disait-il, cette heureuse vallée,
» Au pied de ces grands monts mollement étalée!
» Tout y peint la nature en ses premiers beaux jours.
» Les fruits et les moissons y naissent sans secours;
» Dans ses prés sans enclos croît une herbe abondante;
» Sur ces ceps non taillés court la grappe pendante;
» Ses libres habitants levant au ciel leurs fronts,
» Sont frais comme leurs prés, sont fiers comme leurs monts.

» Tel je rêvai d'Éden le divin paysage,
» Ton beau vallon d'Azun m'en peint l'heureuse image.
» Il lui manquait un être encor pour l'animer :
» Sois mon Ève, ô Julie! et j'y vis pour t'aimer. »
Il dit : elle rougit, et son cœur bat plus vite;
Sa timide innocence au nom d'amour palpite,
Son œil se baisse : Olvard, par son trouble enchanté,
Boit dans ce chaste aveu l'espoir et la santé;
Il cueille un doux baiser sur sa bouche naïve,
Promet un saint hymen à sa pudeur craintive.
Couple heureux, goûtez bien ces fortunés moments!
Puissent d'un tendre cœur ces doux abusements
Ne pas s'évanouir tel qu'un rapide songe!
Vains souhaits : le bonheur n'est jamais qu'un mensonge.
De son amante Olvard sollicite la main :
Olvard est accueilli par un refus hautain.

L'altier Raymond rejette une obscure alliance ;
Il ordonne au guerrier les combats et l'absence.
« O moitié de moi-même ! ô charme de mes jours !
» O toi, sans qui ma vie aurait fini son cours !
» Crois-tu, disait Olvard, crois-tu, ma tendre amie,
» Que je puisse sans toi porter encor la vie ?
» La douce illusion n'a donc flatté mes vœux
» Que pour percer mon cœur d'un trait si douloureux ?
» Quand tes soins bienfaiteurs m'ont rendu l'existence,
» Je conçus d'être aimé l'orgueilleuse espérance ;
» D'un nœud tendre et sacré je flattai mon espoir.
» Las ! il n'eût pas fallu t'entendre ni te voir,
» Puisqu'ainsi l'on m'exile, et qu'un père barbare,
» Condamnant notre amour, m'accuse et nous sépare...
» Je saurai dans la guerre, à force de valeur,
« Conquérir son estime, et mériter ton cœur.

» Venez, fiers Castillans, venez tous me combattre :
» Ce cœur ne vous craint point : non, rien ne peut l'abattre ;
» Ému par tant d'amour et par des yeux si beaux,
» Il eût bravé les dieux ; il vaincra des héros. »
Déjà la triste amante à ce beau front attache
Le casque étincelant sous l'ondoyant panache,
Et couvre en sanglotant du plus solide acier
Ce sein qu'ouvrit naguère un glaive meurtrier.
Sur sa brillante écharpe elle avait elle-même
Peint le vallon d'Éden par un heureux emblême,
Et nos premiers parents filant leurs simples jours,
Et leurs doux entretiens, et leurs chastes amours.
« Reçois de l'amitié ce triste et dernier gage :
» Puisse-t-il à ton cœur retracer mon image !
» En ménageant tes jours, reste digne de toi.
» Songe que sans Olvard il n'est plus rien pour moi. »

Il part : elle chancelle, et va trouver son père,
Arme une vive ardeur contre un orgueil sévère,
Lui peint d'un double amour ses désirs combattus,
Veut se taire, et d'Olvard lui vante les vertus.
Laissant errer sans but ses tristes promenades,
Elle parle d'Olvard aux rochers, aux cascades,
Et sans cesse redit à l'ombrage, à la fleur,
Ce nom qu'en traits de feu l'Amour grave en son cœur.
Le jour de doux pensers, la nuit de plus doux songes
Abusaient son ardeur par leurs riants mensonges.
Des messages secrets consolaient son amant :
Ils l'assuraient qu'Olvard respectait son serment,
Que près des grands guerriers le burin de l'histoire
Gravait déjà son nom au temple de mémoire.

Phœbus avait enfin vu ses douze palais,
Vertumne ornait de fleurs la robe de Palès,

Et l'amoureux Printemps éveillant les ramages,
Du concert des oiseaux animait les bocages.
De Raymond, chaque jour, s'affaiblit la rigueur;
Sa fille en triomphait par sa triste langueur.
Un jour, dans leurs grands bois comme ils erraient ensemble,
Elle dit, l'œil baissé : « Ta fille hésite et tremble,
» Mon père; de toi seule elle attend son secours;
» Ou rends-moi mon Olvard, ou reprends-moi mes jours.
» Mon amant s'est couvert d'une nouvelle gloire;
» Pour vaincre tes dédains, il voulut la victoire,
» Il l'obtient : toi, pardonne, et couronne à ton tour
» Le plus noble héroïsme et le plus tendre amour ».

Raymond touché se rend, et promet à sa fille
De l'unir au héros, effroi de la Castille.
L'espoir et les beaux jours allégeaient ses douleurs:
La saison des combats est la saison des fleurs,

Amante infortunée : eh ! vois-tu la tempête
Qui, la mort dans les flancs, gronde au loin sur ta tête ?
Quel est ce messager en longs habits de deuil
Qui vers toi lentement guide un triste cercueil ?
Reconnais-tu ses traits ? Connais-tu sa devise ?
Il s'avance : il s'approche. Ah terreur ! ah surprise !
C'est l'écuyer d'Olvard. « O mon père ! ô remord !
» Nous voilà donc unis, mais unis dans la mort ».

Elle court au cercueil, le baigne de ses larmes,
Pour y verser son sang implore en vain des armes,
Accuse les combats, maudit son sort affreux,
Se déchire le sein, s'arrache les cheveux,
Redemande à la mort le bonheur de sa vie,
Ou réclame à grands cris un trépas qu'elle envie ;
Puis soudain, sombre, morne, et sans cris, et sans pleurs,
Son désespoir farouche enferme ses douleurs,

Son sang en flots épais dans ses veines se glace,
Son beau regard s'éteint, son teint brillant s'efface.
Son ame a déjà fui comme l'astre éclatant
Qui naît, s'échappe et glisse, et meurt en un instant.
Raymond tremble et pâlit; ses cheveux se hérissent;
Les femmes, les guerriers et les prêtres gémissent:
Tout pleure, et le village, et les bois, et les champs.
De l'hymne funéraire on entonne les chants;
Dans le même cercueil les deux corps se déposent;
Sous le même gazon leurs ossements reposent;
Sur le même tombeau les deux noms sont inscrits,
Et le deuil paternel veille sur ces débris.
J'ai dit les monts, leurs lacs, leurs ombreuses vallées,
Leurs glaciers sourcilleux, leurs cascades perlées:
Marboré! qui peindra tes merveilleux remparts (1)
Dont l'aspect étonnant éblouit les regards;

De ton cirque imposant les immenses assises
Qu'aux règles du compas la nature a soumises ;
Tes torrents suspendus en immenses jets d'eaux
Teignant d'un pur saphir l'argent de leurs cristaux ;
Plus bas tes ponts de glace et leurs voûtes de neige ;
Là, sur ces hauts sommets que l'ouragan assiège,
Tes gigantesques tours, leurs sourcilleux créneaux,
Et tes palais de marbre et leurs larges plateaux,
Et le dôme éclatant du vaste amphithéâtre
Qu'un glacier éternel revêt de son albâtre ?
Partout l'œil ébloui croit voir en ces hauts lieux
Les travaux des géants ou les palais des dieux.
Là, tout émeut les sens, nourrit la rêverie,
Tout rappelle les jours de l'antique féerie.
Ce sentier d'où l'isard (*) craint de prendre l'essor (14

(*) Nom que les montagnards donnent au chamois dans les Pyrénées.

Vit d'un galop pressé s'élancer Brigliador;
Sur ce roc, Ferragus et Roland combattirent;
Des coups de Durandal ces échos retentirent;
Sous ce tertre désert gît le preux chevalier;
Voici la lice étroite où plus d'un grand guerrier,
Défiant l'Hippogriffe et le Mage et ses charmes,
Aux pieds du vieux Atlant vint déposer ses armes.
Là, Bradamante occit le traître Pinabel;
Au tronc de ce vieux pin elle enchaîna Brunel.

Quel dieu puissant creusa cette brèche escarpée? (1
C'est Roland qui, d'un coup de sa terrible épée,
Séparant ces rochers, remparts du Sarrazin
S'ouvrit à la victoire un immortel chemin.

Soudain, je vois un mont de qui la cime aiguë, (
D'un argent éclatant pompeusement vêtue,
Couronne avec orgueil son front audacieux
De tours d'acier poli que l'œil perd dans les cieux.

Je demandais son nom, quand du sein de la terre
Le vieux Atlant répond, d'une voix de tonnerre :
« Ce mont fut mon séjour, et les dieux des enfers (1)
» Suspendirent pour moi ce palais dans les airs ;
» Là, mes soins de Roger formaient la tendre enfance
» J'y cachais aux combats sa fière adolescence ;
» Je craignais pour ses jours le fer du Sarrazin,
» Mais j'y sus alléger son rigoureux destin.
» Chaque jour l'Hippogriffe apportait sur ses ailes
» Les mets les plus exquis, les dames les plus belles,
» Et les fiers paladins, enchaînés par mon bras,
» Venaient près de Roger oublier les combats ;
» J'épuisais tout mon art pour embellir sa vie ;
» Concerts, danses, festins, joyeuse compagnie,
» Tout, hors la liberté, réuni par mes soins,
» Surpassait ses désirs, prévenait ses besoins.

» Eh bien ! sur les hauteurs du roc inaccessible,
» (Amour ! à ton audace est-il rien d'impossible ?)
» Oui, j'ai donc vu l'Amour sur ce mont enchanté
» Guider les pas hardis d'une fière beauté,
» Qui, domtant l'hippogriffe et m'enchaînant moi-même,
» A privé mes vieux ans de l'élève que j'aime.
» Je l'ai vu, malgré moi s'élançant vers la mort,
» Se livrer en aveugle à son funeste sort,
» Hélas ! et trop jaloux de vivre dans l'histoire,
» Échanger de longs jours pour des instants de gloire.
» Alors, chargé d'ennuis, pleurant mes vains travaux,
» J'enfermai ma douleur dans la nuit des tombeaux ».

Il se tait à ces mots, et ces montagnes sombres
Se peuplent à mes yeux de tant d'illustres ombres.
Charlemagne, Agramant, tous leurs fameux héros,
Les Zerbins, les Rogers, les Rolands, les Renauds,

De ces palais du temps habitent les ruines.
O pouvoir du génie et des muses divines!
Tout vit par l'Arioste en ce fameux vallon,
Et, comme aux champs Troyens, chaque roche a son nom.

NOTES

DU POËME

DES PYRÉNÉES.

---

1) PAGE 79, VERS 3.

Ses glaciers moins errants respectent ses moissons.

DANS les Alpes, les glaces descendent assez souvent du sommet des montagnes, et viennent couvrir de leurs débris les champs et les prés qui sont situés plus bas. Dans les Pyrénées, au contraire, les glaciers sont fixes, et n'envahissent point, par la chute de leurs neiges, les terrains cultivés.

2) PAGE 79, VERS 5.

Près de ses hauts sommets le lys fleurit encore.

Le Lilium Pyrenaicum, et plusieurs autres espèces de liliacées, se trouvent en fleurs jusqu'à 900 toises de hauteur absolue au dessus du niveau de la mer. Dans les Alpes, vous trouvez déjà des glaces à 450 toises.

3) PAGE 83, VERS 7.

Elle admire l'effet de l'active liqueur,
Qui des nerfs engourdis réveille la langueur,
Qui, r'ouvrant sans effort leurs anciennes blessures,
Des victimes de Mars adoucit les tortures.

Il est inutile de faire le dénombrement de toutes les cures qu'ont opérées sur les divers genres de blessures et d'engorgements les eaux de Cauterêts et de Barèges.

Je citerai seulement la cure du général anglais Crawfurd. A la bataille de Fleurus, ce militaire reçut plusieurs blessures très graves : il eut entr'autres la partie supérieure du crâne emportée; la membrane qui recouvre le cerveau, qu'on nomme *dure-mère*, et le cerveau lui-même, restèrent à découvert. Il se rendit à Barèges presque sans espoir de guérison. Cependant, dès la première saison des eaux, plusieurs de ses plaies se cicatrisèrent; il reprit des forces; on s'aperçut bientôt que la dure-mère avait pris plus de consistance, et qu'une portion osseuse du crâne avait été régénérée. Il continua, pendant trois étés de suite, l'usage de ces eaux. Il achevait à Cauterêts, où le climat est plus doux, la fin de la saison qu'il avait passée à Barèges, et enfin il est reparti pour l'Angleterre, entièrement guéri des blessures graves qu'il avait reçues sur les autres parties du corps, et n'ayant plus besoin pour son crâne que de l'usage d'une calotte d'argent qu'il portait pour garantir les parties régénérées qui étaient encore un peu faibles.

Quant aux cures que les eaux de Cauterêts opèrent chaque année sur les obstructions, les paralysies, les rhumatismes, on en peut citer mille exemples. Je choisirai celui d'une jeune fille entièrement percluse des extrémités inférieuses, qui éprouva des douches et des bains de vapeurs de la source des Espagnols, un effet si puissant, qu'au bout d'un mois elle commença à remuer les pieds, et sentit la chaleur et la vie se répandre dans les parties privées de mouvement. Elle se voyait, faute de moyens, contrainte d'abandonner ses remèdes, lorsque tous les étrangers qui prenaient les eaux, ayant mademoiselle Dumoulin à leur tête, se cotisèrent pour venir à son secours. Elle continua de suivre son traitement pendant le reste de la saison, et on eut la satisfaction de la voir quitter Cauterêts, entièrement guérie, et pleine de force, de souplesse et de santé.

4) PAGE 83, VERS 15.

Combien ces lieux ont vu de spectacles divers!

Les eaux chaudes de Cauterêts et de Barèges étaient connues et fréquentées dès la plus haute antiquité. On trouve, dans le premier village, les bains de César, et la tradition du pays veut que, pendant la guerre des Gaules, le dictateur Romain soit venu avec ses lieutenants y fortifier sa santé pendant qu'ils se rétablissaient de leurs blessures. On assure aussi que ces eaux avaient été fréquentées quelques siècles auparavant par les Carthaginois.

5) PAGE 84, VERS 7.

Et ce chef obstiné de qui le noble effort
Fut digne de César, digne d'un meilleur sort.

On voit que j'ai voulu désigner dans ces deux vers le plus illustre chef des Gaulois, Vercingétorix, qui, sous les murs d'Alise, capitale des Mandubiens, défendit avec tant d'opiniâtreté la liberté des Gaulois, et dont la défaite acquit tant de gloire à César. En effet, ce général Romain eut à combattre en cette occasion le nombre, le terrain, le courage, et même le désespoir. A tous ces obstacles il opposa son génie, et la Gaule fut subjuguée.

6) PAGE 84, VERS 16.

Ce lieu reçut aussi, dans l'âge de l'amour,
L'aimable Marguerite et sa folâtre cour.

Les douze fontaines d'eaux thermales qui se trouvent à Cauterêts portent les noms de ceux qui les ont rendues célèbres. On y voit celle de César; celle du roi rappelle la guérison d'Abraca, premier roi d'Arragon; Marguerite, reine de Navare et sœur de François Ier., a laissé son nom à la fontaine dont elle usait le plus souvent. Cette princesse spirituelle et galante, qui préférait au tumulte des cours la tranquillité de ces vallons, s'y enfonçait dans la saison des eaux avec des poètes, des musiciens et quelques uns de ses amis les plus intimes. Elle en fait mention elle-même dans ses ouvrages. (Voyez le Voyage à Barèges, de Dussaulx, t. 2, p. 28.)

7) PAGE 86, VERS 1.

Le matin dans sa chaise en gémissant s'avance
La beauté qui le soir saute et folâtre et danse.

Toutes les femmes se rendent le matin en chaises à porteurs aux sources qui leur sont ordonnées en boisson ou en bain. C'est le moment où chacun accroît ses douleurs en se les racontant; le soir on n'y pense plus : le plaisir et le besoin de se dissiper ont tout fait oublier. Aux eaux thermales l'empire du médecin ne passe pas l'heure du déjeuner; tout le reste de la journée, il lui faut, sinon approuver, du moins tolérer les petites infractions que chaque malade se permet de faire à l'austérité de son régime.

8) PAGE 86, VERS 4.

Et le malade oisif, maudissant sa santé,
Passe le jour au bain, la nuit à l'Écarté.

L'Écarté est une espèce de triomphe qu'on joue beaucoup dans le midi de la France, et qui était fort en usage aux eaux thermales des Pyrénées en 1807.

9) PAGE 87, VERS 5.

Enfin, ces lieux ont eu le pouvoir salutaire
D'assoupir lentement la douleur d'une mère.

S. M. la reine de Hollande, qui, éperdue de douleur à la mort de son fils Napoléon Charles, s'en vint aux eaux de Cauterêts et dans le sein des montagnes porter ses chagrins déchirants et son inconsolable douleur.

(10) PAGE 87, VERS 10.

Sa marche était sans but, sa bouche était muette.

Je sais que cette rime n'est pas riche ; aussi ne me la suis-je permise que d'après l'autorité du grand Racine, qui, dans *Andromaque*, acte III, scène Ire., vers 8, fait dire à Pylade:

Eh bien! il la faut enlever;
J'y consens; mais songez cependant où vous *êtes*.
Que croira-t-on de vous, à voir ce que vous *faites*.

10 *bis*) PAGE 88, VERS 7.

Un prêtre d'Esculape, habitant de ces lieux.

M. Labar aîné, médecin des eaux de Cauterêts, et qui, par sa bonté, son obligeance et son aimable caractère, est devenu l'ami de tous ses malades, est celui que je désigne ici, comme ayant été chargé du traitement de S. M. la reine de Hollande.

11) PAGE 89, VERS 7.

Je ne vous tairai point, glaciers des hauts vallons.

C'est d'après le plus beau glacier des Pyrénées, situé au sud-est entre deux pics énormes de la masse de Vignemale, que j'ai fait cette description, écrite entièrement d'après nature. Comme cette partie des Pyrénées n'a pas encore été beaucoup observée, et n'a jamais été décrite, je renvoie le lecteur au récit de mon voyage dans les glaciers et sur les sommets de Vignemale.

12) PAGE 90, VERS 9.

C'est vous qui nourrissez ces cascades fameuses.

Je ne parle point ici de la cascade de Gavernie, trop décrite et trop vantée,

Dont l'urne s'épanchant d'une immense hauteur
Dissout un fleuve entier en subtile vapeur,

mais qui, dénuée d'arbres et trop maigre pour son étendue, n'étonne que par la grande hauteur de sa chute qui est de 1266 pieds.

J'ai eu surtout en vue les cascades riches et pittoresques

de la vallée de Cauterêts, qui sont peut-être les plus belles chutes d'eau de toute la chaîne des Pyrénées.

13) PAGE 102, VERS 15.

Marboré ! qui peindra tes merveilleux remparts?

Rien n'est en effet plus magique que le coup-d'œil que présente cette montagne. Lorsqu'on est entré dans le bassin de Gèdre, on commence à distinguer le Marboré. Il montre d'abord une tour, puis une autre, ensuite les murailles, et ensuite la brèche de Roland. Vous avancez vers Gavernie, alors vous êtes éblouis par l'aspect de ces immenses assises de marbres et de pierres calcaires s'élevant à près de deux mille pieds de hauteur, redressées verticalement vers le ciel, couronnées d'un glacier resplendissant que dominent de larges tours et de hardis créneaux. Vous croyez de loin distinguer sur ces vastes murailles un alignement de longues colonnes, d'élégants pilastres, de corniches, de frises, d'ornements variés, dont l'architecture se serait plu à décorer le plus beau cirque qui ait jamais été bâti des mains de la nature,

Ce n'est point une montagne et des rochers bruts, ce sont trois palais dix fois grands comme le Colysée ou comme le château de Versailles, s'élevant successivement les uns au dessus des autres avec une majesté que rehausse encore l'éclat des éblouissants glaciers qui semblent revêtir leurs dômes de l'albâtre le plus pur. Vous dépassez le village de Gavernie, vous franchissez le défilé situé entre les rochers de St-Bertrand et ces énormes bastions que le Marboré a jetés en avant de ses merveilleux remparts, vous entrez enfin dans le cirque. Un nouveau prodige s'offre à votre vue : du haut des vastes terrasses qui forment la première enceinte de ce superbe amphithéâtre, tombent, avec une majesté que l'art chercherait en vain à imiter dans les jardins des maîtres de la terre, vingt cascades, dont la moins élevée a plus de 900 pieds de hauteur; vous admirez leurs voûtes écumeuses, brillantes comme les neiges dont la fonte alimente leurs sources, leurs jets etincelants, leur écume argentée se détachant sur les rochers noirs ou dorés qui encadrent leurs flots.

Enfin, comme le remarque aussi M. Ramond, (Voyage

au Mont-Perdu, p. 198.) un charme invincible fascine les yeux de tous ceux qui vont visiter cette merveilleuse montagne.

« Il faut avoir vu ces lieux, il faut les avoir revus dix » fois, vingt fois, pour le concevoir. On regarde le Mar- » boré qui grandit à proportion qu'on s'élève, ces cas- » cades qui se multiplient à mesure qu'on les compte, ce » cirque dont l'enceinte se développe avec une majesté » qui en impose d'autant plus qu'on le considère davan- » tage. Une fois que le Marboré s'est emparé de vous, » on n'est plus où l'on est, et il n'y a plus que lui dans tout » ce qui mène à lui. » (Ramond, *Voy. au Mont-Perdu.*)

Si vous gravissez cette montagne; si, étant arrivé à 7 ou 8,000 toises de distance du Mont-Perdu et à 200 toises seulement au dessous de sa cime, vous vous arrêtez à considérer les dômes du Taillon et leur glacier, les murailles du Marboré et leurs brèches, les tours sur leurs gradins, le cylindre sur la plate-forme, et le môle du Mont-Perdu terminant cette longue suite de bizarres structures alignées au haut d'un mur qui domine tout le reste de la chaîne, vous êtes forcé de convenir que jamais un plus imposant spectacle ne s'est offert à vos yeux. J'ai vu les hautes Alpes; je les ai vues dans ma première jeunesse, à cet âge où l'on voit tout plus beau et plus grand que la nature; mais ce que je n'y ai pas vu, c'est la livrée des sommets les plus élevés revêtue par une montagne secondaire. Ces formes simples et graves, ces coupes nettes et hardies, ces rochers si entiers et si sains dont les larges assises s'alignent en murailles, se courbent en amphithéâtres, se façonnent en gradins, s'élancent en tours où la main des géans semble avoir appliqué l'à-plomb et le cordeau: voilà ce que personne n'a rencontré au séjour des glaces éternelles, voilà ce qu'on chercherait en vain dans les montagnes primitives, dont les flancs déchirés s'allongent en pointes aiguës, et dont la base se cache sous des monceaux de débris. Quiconque s'est rassasié de leurs horreurs, trouvera encore ici des aspects étranges et nouveaux. Du Mont-Blanc même il faut venir au Marboré et au Mont-Perdu. Quand on a vu la première des montagnes granitiques, il reste à voir la première des montagnes calcaires.

14) PAGE 103, VERS 15.

Ce sentier d'où l'isard craint de prendre l'essor
Vit, d'un galop pressé s'élancer Brigliador, etc.

Tous ces lieux sont pleins de miracles, de prodiges assortis aux temps, aux lieux, aux phénomènes de la nature : c'est le théâtre des aventures renfermées dans les quatre premiers chants du poëme enchanteur de l'Arioste; tout y rappelle Charlemagne, Marsil, Agramant, les combats et les amours de leurs preux chevaliers. Ils vivent dans la mémoire du peuple, dans ses vieux chants, dans ses rustiques ballades (1); en vain on s'en défend, il faut suivre l'Arioste dans les Pyrénées comme Homère aux campagnes Troyennes; enfin, comme le dit très bien M. Ramond, ici la nature elle-même a formé les couleurs dont l'imagination l'a parée; et la fable est devenue pour nous un trait de son histoire.

C'est sur le Marboré et dans les vallées voisines de

(1) Les Bigorrais allaient tous les ans en pèlerinage à Roncevaux ou à Blayes, pour y voir l'armure de Roland. On trouvait dans cette dernière ville son tombeau avec une épitaphe composée par Charlemagne lui-même.

cette montagne et du Mont-Perdu, que l'Arioste (ch. 2, st. 45,) a placé le théâtre du combat de Gradasse et de Roger contre l'enchanteur Atlant.

C'est là que Bradamante fut jetée dans un précipice par le Mayençais Pinabel, qui en reçut la mort pour prix de son crime, ch. 2, st. 74, 75.

C'est là que Ferragus succomba sous les coups de l'invincible Roland.

On croit y voir encore le vieux sapin auquel Bradamante (1) lia Brunel, le nain du roi d'Agramant, après lui avoir enlevé l'anneau enchanté qui devait la faire triompher du magicien Atlant.

15) PAGE 104, VERS 10.

Quel dieu puissant creusa cette brèche escarpée?
C'est Roland, etc.

Il faut se représenter la brèche de Roland comme une vaste porte de soixante pieds de large, ouverte au som-

(1) Brunel non havea mente a riguardarsi,
Si ch' ella il prese e lo legò ben forte
Ad uno abete ch' alta havea la cima. . .

met de la crète des Pyrénées qui sépare la France et l'Espagne dans une muraille de rochers perpendiculaires de six cents pieds de hauteur. Sur le seuil de cette porte, vous découvrez d'un côté les Pyrénées espagnoles, Huesca, Sarragosse et une grande partie de l'Arragon ; de l'autre, Vignemale, le Marboré, le Cylindre, le Mont-Perdu, et au dessous des montagnes inférieures, le Bigorre et le Béarn avec leurs fertiles plaines.

La tradition constante de tout le pays est que Roland, armé de toutes pièces, monté sur son cheval de bataille, a voulu s'ouvrir un passage dans cette montagne pour aller combattre les Mores, et que, d'un coup de sa fameuse épée, il y a fait cette brèche énorme.

La véritable explication de ce fait singulier est due aux observations de M. Mirbel. M. Ramond (Voyage au Mont-Perdu, p. 38.) rapporte que son élève trouva au pied de la brèche, et dans l'entonnoir qui la précède, les débris du pan de muraille dont la chute a pratiqué cette large ouverture. C'est une pierre calcaire noire, ayant l'odeur des calcaires hépatiques, et fort différente du marbre dont le mur lui-même est construit.

J'avoue que, lorsque je suis monté à la brèche de Roland et sur le haut des tours du Marboré, la tête pleine des aventures de Roland, de Bradamante et de Roger, étonné d'entendre mes guides me raconter tous leurs faits d'armes, me montrer tous les lieux qui en furent témoins, je ne songeai pas à examiner particulièrement un lieu tant de fois observé avant moi, et que je n'y ai point aperçu cette pierre noire calcaire dont parle M. Mirbel, comme ayant, par sa chute, ouvert cette brèche dans la montagne.

16) PAGE 104, VERS 14.

Soudain je vois un mont de qui la cime aiguë,

C'est le Mont-Perdu, qui est désigné très clairement dans le poëme de l'Arioste (ch. 4, st. 11, 12.) Bradamante, après avoir long-temps cheminé dans une étroite vallée, de bois en bois, et de montagne en montagne, arrive enfin à la crète des Pyrénées, dans un lieu où, si l'atmosphère est pur, on peut découvrir à la fois la France, l'Espagne et les deux mers. Au milieu s'élève un rocher dont la cime se couronne d'un mur brillant d'acier, et cette cime s'élève si haut dans les cieux, qu'elle laisse au dessous d'elle tous les sommets d'alentour.

> Prese la via per una stretta valle. .
> Di monte in monte, e d'uno in altro bosco
> Giunsero ove l'altezza di Pirene
> Può dimostrar, se non è l'aer fosco
> E Francia, e Spagna, e due diverse arene,
> . . . .
> Vi sorge in mezzo un sasso, che la cima
> D'un bel muro d'acciar tutta si fascia,
> E quella tanto verso il ciel sublima
> Che quanto hà intorno, inférior si lascia.

Voici le Mont-Perdu embelli des couleurs de la poésie; le voilà maintenant tel qu'il a été formé des mains de la nature, tel que M. Ramond (Voyage au Mont-Perdu, p. 48,) l'a décrit, et tel que je l'ai observé moi-même.

« Des bases du Coumélie, le Mont-Perdu laisse apercevoir sa cime. C'est un cône oblique très obtus, tout resplendissant de neiges éternelles, et qui se montre au dessus des hautes murailles de la vallée d'Estaubé.

» Ses masses largement modelées offrent ces contours coulants, mais fiers, qu'aucun accident bizarre ne fait sortir des limites du beau. Tout s'élève ou s'abaisse suivant de justes proportions; rien ne trouble l'harmonie d'un dessin dont la sévérité modère la hardiesse; et une couleur transparente et pure, un gris clair légèrement animé de rose, sympathisant également avec la lumière et l'ombre dont il adoucit les contrastes, accompagne, dans l'azur du ciel, des cimes qui en ont revêtu d'avance les teintes éthérées. »

17) PAGE 105, VERS 3.

Ce mont fut mon séjour. . . .

Il faut lire, dans le poëme enchanteur de *Roland furieux*, (ch. 2, st. 47 et suiv., ch. 4, st. 11 et suiv.) tous les détails de l'histoire d'Atlant et de Roger, que l'Arioste a beaucoup plus développée que je ne l'ai fait, parce qu'elle tenait bien plus immédiatement à son sujet. Trop heureux si je pouvais avoir réussi à faire passer dans notre langue quelques unes des expressions si heureuses dont ce poète si facile et si animé semble avoir, en se jouant, enrichi sa patrie et son ouvrage!

FIN.

www.ingramcontent.com/pod-product-compliance
Lightning Source LLC
La Vergne TN
LVHW012010220826
846092LV00001B/304